Médecin dans les Pyrénées, **Yves Heurté** *a consacré le peu de loisirs que sa vocation lui offrait à la montagne et à l'écriture. Il a ainsi publié une quarantaine d'œuvres – romans, essais, nouvelles, poèmes, albums, livrets d'opéra, pièces de théâtre, traductions de l'allemand, du tchèque ou du portugais – qui ont reçu des prix littéraires nationaux. Il publie en 2004,* Vous, gens de montagne, *aux éditions De Borée, et face au succès de ce livre et aux demandes des lecteurs, il récidive aujourd'hui.*

Le Pas du loup

Le passage du Comminges vers le val d'Aran espagnol est si étroit qu'on le nomme toujours « *Passus Lupi* » (le pas du loup).

Du même auteur

Le Phare de la vieille, éditions du Seuil, 1995.
L'Atelier de la folie, éditions du Seuil, 1998.
Le Livre de la Lézarde, édition du Seuil, 1998.
L'Homme qui marchait, éditions Nicolas-Philippe, 2003.
Journal de nuit, éditions Alan-Sutton, 2003.
La Ruche en Feu, éditions Gallimard, 1970.
Les Chevaux de Vent, éditions Milan, 1990.
Le passage du Gitan, éditions Gallimard, Page Blanche, 1991. Prix du salon du livre de la francophonie 13/18 de Montréal, Prix Lire au collège, Prix de la foire aux livres de Brive.
Vous, gens de montagne, édiions De Borée, 2004.

Pour la jeunesse :

Danse avec la mer, éditions SEDRAP, 1996.
L'Horloger de l'aube, coédition Syros et Amnesty International, 1997.
Au bois sauvage, éditions SEDRAP, 2000.
Chocolats chauds, éditions Milan, 2001.
Six testes, (théâtre) éditions Magnard.

Œuvres théâtrales :

Tomes 1 à 6, éditions René-Rougerie.
La Nuit, Les Clowns, éditions L'Avant-Scène, 1976.
Le Petit Roi de Rien. Les draps de Gringogne. Carolus Nu. La Noce Tomate, 2000.
Le Monstre de Javère. Abracadabra, 2001.

Poésie :

Cinq recueils, éditions René-Rougerie.
Mémoire du mal, éditions En Forêt (bilingue franco-allemandes).
Mémoire du Mal/Erinnerung an das Böse, éditions de la forêt/Verlag im Wald édition bilingue, 1998.

Contes :

Histoires sans rivages, éditions Magnard, 1986.
L'Avaleur d'oiseaux, éditions Magnard, 1986.
Le Livre de la Lézarde, éditions Magnard, Seuil, 1998.

Édition exclusivement réservée aux adhérents du Club
Le Grand Livre du Mois
15 rue Sablons
75116 Paris

Avec l'aimable autorisation des éditions de L'Écir
Achevé d'imprimer en France en mai 2006
Dépôt légal mai 2006
ISBN 2-286-02060-4

Yves Heurté

Le Pas du loup

LE GRAND LIVRE DU MOIS

À *Odette Michel*

En guise de prologue

APRÈS « VOUS, GENS DE MONTAGNE », *ces nouveaux récits du* Pas du loup *se bousculaient dans mes carnets. Beaucoup de lecteurs ne m'avaient-ils pas dit : « Et vous n'avez pas parlé de ceci. Et vous ne saviez donc pas cela ? » Il est bien sûr impossible, d'un seul grand trait de plume, de sauvegarder toutes les richesses humaines d'un petit pays de montagne et d'en sonder tout le passé. Pas plus que de vider le lac d'Oô à la petite cuillère. Voici donc à nouveau une quarantaine d'histoires.*

Comme pour Vous, gens de montagne, *avec* Le Pas du loup *je n'ai pas seulement recherché l'anecdote cocasse, triste ou tragique, mais à travers ces récits glanés ici et là, la plupart véridiques même si mon devoir de réserve de médecin m'a amené à en dissimuler les protagonistes, j'ai tenté de sauver de l'oubli des vies d'hommes et de femmes humbles mais exemplaires par leur caractère universel.*

C'est justement ce caractère qui m'a poussé à en faire parfois des contes ou des nouvelles, voire même des poèmes qui puissent être lus n'importe où et par n'importe qui.

J'ai espoir que ces nouveaux récits vous procurent autant de plaisirs, d'émotions ou de réflexions que ceux de Vous, gens de montagne.

Première partie
TOUS ARTISTES

I

Le berger et le clavecin

SAINT HONORAT EST UNE CHAPELLE VIEILLOTTE, petit toit pointu au-dessus de pâturages fauves, rôtis par le soleil, qui baignent comme pour se rafraîchir dans une forêt de grands chênes.

Voici l'aventure que m'a racontée Leezie, et qui, je l'espère, changera un peu les idées de certains sur la sauvagerie rustique des gens de montagne.

Ce soir-là nous aurions dû nous produire, Jean au violoncelle et moi au clavecin, sur une grande scène dont peu importe le nom. Un obscur manager nous avait décommandés sans la moindre excuse au dernier moment. Jean est un brin fou et moi plutôt raisonnable, cela dit pour ne pas vous étonner de ce qui va suivre.

Donc six heures sonnaient au clocher du village où nous nous étions réfugiés quand il me dit tout net :

« On pourrait jouer à leur Saint-Honorat ?

– Là-haut ? Mais pour qui ?

– Pour nous et les oiseaux. »

J'ai ri.

« Et le clavecin ?

– À nous deux, on pourra le monter. »

Vous nous voyez, le grand Jean et moi que l'embonpoint honore par-devant et par-derrière, trébuchant avec un clavecin à bout de bras sur la traîtrise des cailloux, à travers les ronces et les genévriers ? Bien sûr ce serait poétique et délicieusement délirant, mais quand même… Je tente de belles et bonnes objections à mon violoncelliste comme on explique à un gosse que pour Noël, il n'aura pas un vrai camion de pompiers.

Mais Jean ne desserre pas les dents. La blessure de ce concert annulé est plus profonde que je ne l'aurais pensé. Inutile de discuter.

« Bien. On y va. »

Tranquille. Il ne montera pas sur plus de cent mètres. J'ai vu juste. Jean ne fait pas dix pas sans s'arrêter pour souffler. On va tout laisser tomber et je vais délicatement triompher quand une voix nous apostrophe :

« Où vous allez comme ça ?

– À Saint-Honorat.

– Quoi faire ?

– De la musique.

– De la… »

L'homme est un berger. Il devait nous surveiller depuis nos premiers pas. On le sait qu'on était ridicules, bonhomme ! Mais ce qu'on ne saura jamais, c'est pourquoi tu as enlevé son bout de clavecin des mains de Jean, et en route à trois sur le sentier de Saint-Honorat, plus ton chien qui ouvrait la marche.

« Si c'est pas de l'indiscrétion, pour qui vous allez jouer là-haut ?

– Je… nous… pour la montagne. »

L'homme a haussé les épaules.

« Bon. »

C'est ainsi qu'au coucher du soleil on a débarqué ensemble à la chapelle : le clavecin, le violoncelle, le berger, Jean, le chien, et moi. On était tous d'un autre monde, à moins que ce vrai monde ne soit en nous ? On n'a pas eu le temps de remercier que l'homme dégringolait la pente vers ses bêtes.

Trop, c'était trop. Après une histoire pareille, allez donc jouer du Bach ! On s'est reposé en mangeant quelques gâteaux de foire pour retarder le moment où trop seuls ici-bas, on allait jouer pour le ciel noir. On a rassemblé des cierges qui traînaient, abandonnés par quelque ancienne procession, et on s'est installé dans le vide de l'âme. Oui, c'était bien cela que nous ressentions : le vide angoissant d'un jeu parfaitement inutile.

Je plaquais le premier accord quand la porte a grincé et notre berger est entré. Il s'est assis, tranquille. Il était beau et ridicule, son chien sur les genoux. Il avait dû sortir le costume de ses noces. Ne manquait même pas la cravate. Il nous a dit :

« Faudrait patienter un moment. »

Jean est sorti fumer une cigarette mais il n'avait pas eu le temps de l'allumer qu'il me revenait en larmes.

« Viens. »

Dehors, des lumières sortaient de partout. Du bois comme des sentiers. Montant ou descendant, toutes convergeaient vers Saint-Honorat. Les gens lentement remplissaient la chapelle avec femmes et enfants. Tout ce qui était berger à la ronde était là, endimanché pour nous faire honneur. Ils s'asseyaient et attendaient sans un mot. Jean se cachait dans l'ombre pour ne plus pleurer sur son violoncelle et je n'étais pas loin d'en faire autant sur mon clavier.

Je ne sais plus si on a bien joué, si c'était selon les canons de la salle Pleyel, mais jamais je n'ai autant senti qu'on donnait la musique.

À la fin, il y a eu un long silence puis une voix rocailleuse est sortie de l'ombre :

« Manquait que l'étoile filante. »

Tous sont partis d'un grand rire. Croyez-moi si vous voulez mais ils en ont même oublié d'applaudir… ces sauvages !

II

L'avaleur d'oiseaux

L'HISTOIRE ME FUT CONTÉE dans le village pyrénéen de Burgalays, comme un événement ayant réellement eu lieu pour la fête du village. Je me suis empressé d'en faire le conte que voici.

Quand Charlou sifflait devant une cage, l'oiseau soudain attentif le regardait de son petit œil jaune ou rose. Il attendait qu'il ait fini pour se mettre lui-même à chanter. Mais le pinson ne pinsonnait plus, le merle ne merlottait plus. L'oiseau qui répondait à Charlou sifflait comme un ange que l'éternité aurait emplumé pour émerveiller son ciel et les villages.

La dernière note envolée, l'oiseau se retrouvait serin, pinson ou grive, et Charlou idiot communal.

Ce jour-là, c'était la fête dans ce paquet de maisons que dominait le roc aux Moines, à tel point qu'un arbre se dérochant d'en haut défonçait parfois le toit d'une étable. On buvait sec, on cassait des canettes, on mettait le feu à ses culottes. Bref, ce dimanche, on faisait semblant d'amuser la misère de la semaine. Un fifre aigre à vous tourner le lait emballait le cœur et les jambes. Au tambourin le relayait un certain Félissou qui se croyait musicien les jours de fête et intelligent le reste de la semaine. Le malheur voulut que des jeunesses, venues en charrette des villages voisins, demandent méchamment si l'orchestre était là pour des sourds ou des paralytiques. Pour leur montrer ce dont on était capable, on tira Charlou de sa grange, on posa devant lui une cage avec son bouvreuil et on lui ordonna de faire chanter l'oiseau puisque le violoniste ne plaisait pas à tout le monde.

Félissou, fou de jalousie, en creva son tambourin. Il exigea qu'avant toute chose on fasse boire l'idiot. Ainsi, espérait-il, Charlou perdrait son pouvoir et les rieurs changeraient de camp.

Quand le Charlou commença à tituber sur ses jambes maigres, on le fit siffler devant la cage. L'oiseau lui répondit comme jamais et tous quittèrent l'auberge et l'église pour venir l'écouter. Même les amoureux cachés dans la grotte du roc aux Moines descendirent main dans la main pour ouïr ce miracle.

Félissou sentit augmenter sa rage. Il fit ce pari stupide : si l'idiot était capable d'avaler l'oiseau, il lui ferait cadeau d'une grande cage d'osier. Charlou était si simple et si soûl qu'il le crut. Il en avait tellement rêvé d'avoir une cage merveilleuse ! La même que Félissou ! Il enfourna l'oiseau dans sa bouche n'importe comment, la plume hélas dans le mauvais sens.

Mais impossible d'avaler la bestiole. Quand Charlou tentait de respirer, la tête du bouvreuil reparaissait et chantait à la manière d'un coucou suisse.

« Avale, hurlait Félissou ! Mais avale donc, toi qui es si malin ! »

Et Charlou, de son doigt, poussait l'oiseau plus loin dans sa gorge. Les jeunes s'étouffaient de rire, les filles mimaient les grimaces de l'idiot.

Quand on vit ses yeux chavirer vers l'autre monde, il était trop tard. Mort le chanteur, morte sa chanson. Félissou rentra chez lui comme les autres cuver son vin, abandonnant le corps martyrisé sous les lampions et les guirlandes.

Appelez cela fable conte ou merveille, vengeance divine ou simple justice, personne ne put s'endormir et sur le coup de trois heures du matin, on entendit comme un chant d'oiseau. Pas celui du bouvreuil ni celui du rossignol, mais quelque chose de plus poignant qui venait s'insinuer jusque sous votre lit.

Les fenêtres s'ouvrirent bien après l'aube. Dans la bouche de Charlou, l'oiseau chantait toujours. On bâillonna le mort sans succès. On y versa de l'eau à pleine cruche. On le bourra d'étoupe et on y mit le feu. L'oiseau inaccessible n'en sifflait que plus fort. On mit une lourde dalle sur la gorge de l'idiot. Cette fois, le chant sortit de toute la montagne. On l'entendait dans le torrent, aux pâturages et sous la forêt. Le village pris de peur menaça le fossoyeur du fusil pour le forcer à creuser une tombe plus profonde. On y jeta le corps, mort ou vif on ne le savait plus trop, et on dansa sur la fosse pour tasser la terre. Peine perdue, le chant maintenant s'était insinué dans chacun.

Felissou proposa de déterrer le corps et de le placer au fond d'une grotte du roc aux Moines. Ils l'y conduisirent en cortège, sifflant dans leurs fifres et battant du tambour et des tambourins. Les femmes aussi cognaient sur des casseroles et sur des couvercles pour étouffer le chant d'oiseau. Ce vacarme ne cessa que l'idiot bien emmuré au fond de la caverne. Il se fit un silence impressionnant et tout le village de Burgalays allait enfin triompher quand le chant reprit très loin. C'est à peine si on l'entendait. Mais cela suffisait pour rendre fou. On courut dans une galerie plus profonde. Le chant suivit. Il s'amplifia soudain jusqu'à l'insupportable. Ce n'était plus le gémissement d'un crucifié mais le tonnerre des trompettes du Jugement dernier répondant au rugissement des volcans de l'enfer.

Soudain, le mur qui enfermait Charlou se fendit. Des craquements sourds gagnèrent le roc aux Moines. Fuir ? Mais où ? Des souffles sortaient de toutes les crevasses, comme ceux d'un homme qui s'étouffe. Le roc aux Moines bascula enfin de toute sa masse sur le village. Quand les habitants des communes voisines accoururent, les rochers avaient tout enfoui.

Personne ne se doutera jamais que sous cette masse il reste encore une grotte où ceux de Burgalays joueront du fifre, du tambour et des couvercles jusqu'à la fin des temps pour étouffer un chant d'oiseau.

III

L'idiot génial

À MALVEZIE, autrement dit « la ville des mauvais voisins », j'ai connu ce Tato sans jamais le soigner car de sa vie, il n'avait jamais vu de médecin. Dès qu'il en apercevait un, il prenait l'échelle pour s'enfuir dans le grenier. Ce Tato, on l'appelait l'idiot. C'était aller à la facilité car ce Tato, un peu mieux fini, aurait pu faire un poète, un berger, ou les deux à la fois, mais sûrement pas un général de division car il avait une profusion de ces vertus qui, à cette catégorie, manquent cruellement.

Certains l'employaient pour faire leur bois ou ramasser les feuilles mortes. Le curé aurait voulu le promouvoir au rang social de carillonneur s'il avait su s'arrêter. Malheureusement, une fois la cloche lancée, son mouvement lui apportait un tel ravissement qu'il fallait lui arracher la corde des mains pour qu'il cesse de tirer dessus.

Tout porterait à croire que Tato était un débile des plus quelconques, mais non. Cet homme fut marqué, comme on va le voir, par le fer rouge du génie.

Pluie ou soleil on le voyait, d'un pas plein d'assurance, monter la côte qui mène à Saint-Pé. Il attendait le premier rayon du jour devant sa porte, appuyé sur sa canne inséparable avant de se mettre en route avec le sourire béat de qui sait où il va et que rien ni personne n'empêcherait d'atteindre son but. Car son programme était précis, exigeant, implacable. Un rite.

En cours de route, il ne gaspillait jamais un mot. Quand on en a si peu, on les économise. Il ne saluait personne car personne pour lui n'avait le pouvoir d'exister. Au pré du Boila, soudain, il traversait l'herbe et gagnait la lisière pour tailler au couteau une branche de noisetier qu'il pelait à blanc, tout en marchant vers son atelier. (À chaque jour son nouveau bâton, comme si l'encre de la nuit effaçait d'un trait le moindre souvenir de celui qui fut la veille d'une nécessité vitale.)

Il s'asseyait sur le mur qui longe la route et restait là longtemps, pieds ballants, son bâton sous le bras, à contempler le bulbe ventru de la falaise. Le voyait-il vraiment ? Ses yeux, en tout cas, ne le quittaient qu'avec le soleil couchant. Une pincée de siècles avant, orné d'une bure, on l'aurait pris pour un cistercien en méditation profonde.

Ce rituel durait depuis des années, aussi immuable que la pousse des feuilles ou la nuit des vers luisants, et tout portait à penser qu'il en serait ainsi jusqu'à sa mort.

Pour nos temps aveugles, Tato n'était qu'un raté de notre espèce, dont une petite lumière s'allumait en remontant une route dans la seule petite lanterne que la nature lui avait offerte. Mais en son âme, un lent mûrissement végétal menait irrésistiblement l'homme vers « l'Autre Tato ». Sous la chrysalide immobile, un papillon incertain patientait.

Il s'envola d'un coup, comme l'aube mettait à vif les molaires rouges du pic du Gar. Tato, d'un pas pressé, dépassa la halte des noisetiers comme si jamais il n'avait visité ce bois. Il ne chercha même pas son canif dans sa poche. L'avait-il seulement emporté ce jour-là ?

Au lieu de méditer, le nez levé vers les rochers, il descendit dans la ravine où tout Malvezie déverse ses ordures. Là, lentement, dans les tas de sommiers, vieux cadres, boîtes de poudre de ménage et rebuts divers des greniers, il se mit à faire son choix. Oui, lui, l'idiot, il fit SON choix. Il remonta un à un les objets élus et les disposa sur le mur qui longe la route avec un tel équilibre, une telle harmonie, un tel sens d'un art qu'il était seul à connaître, qu'il était comparable à celui de n'importe quel maître dit contemporain.

La mise en place de ce fragile équilibre paraissait tellement étrange que les voitures ralentissaient avant de dépasser le chef-d'œuvre. Tato n'y prêtait pas plus attention qu'un paysagiste passionné devant son chevalet ne sent le frôlement des seins d'une curieuse sur son épaule.

Une seule fois, j'osai sortir de ma voiture pour pointer sur lui mon appareil photo.

« Dehors ! », hurla l'idiot.

Dehors de qui, de quoi ? Il s'avançait vers moi, menaçant.

Tato a dû attendre que je sois loin pour se remettre à l'ouvrage.

L'artiste Tato avait-il révélé d'un seul coup ses talents ? Ou lui avait-il fallu des années, avec le retard et la lenteur qu'il mettait pour toute chose ?

Il ne laissait rien au hasard et posait sa boîte de petit pois, sa poupée sans tête ou son ressort de sommier à un endroit précis du mur, comme certains peintres ne lèvent pas leur crayon pour dessiner un merveilleux profil de femme. Ceci fait, avec autant d'assurance que dans le temps il pelait sa trique de noisetier, il pouvait abandonner sa pyramide et redescendre la côte sans même se retourner.

Deux fois par semaine, l'homme de la benne d'ordures rendait l'œuvre au néant en quelques vigoureux coups de pelle. Elle renaissait le lendemain, chaque jour différente, entre les mains calmes et patientes de Tato.

S'il avait été le locataire famélique d'une chambre de bonne du onzième arrondissement, on lui aurait décerné le titre enviable d'artiste maudit. Puis, poussé par quelque spéculateur et par une apparition médiatique, il aurait vendu ce qu'on aurait nommé « sculpture d'avant-garde ». Mais lui n'en aurait sans doute tiré aucun avantage, n'ayant jamais su ce qu'était un artiste, et à plus forte raison un artiste maudit.

On enterra cet idiot génial huit ans après sa conversion à la beauté. Il laissait une œuvre virtuelle considérable mais tellement confidentielle que personne ne suivit son enterrement pour lui rendre hommage devant l'ingrate postérité.

IV

La veuve de neige

Un jour vous vous sentez heureux. Enfin, heureux comme on peut l'être avec l'âge. Vous supportez les misères des autres et leurs plaintes et vous ne vous débrouillez pas trop mal avec les vôtres. Vous avez réussi à avancer sans tomber sur le fil de la mort, si bien que vous n'y pensez plus.

Et voilà que d'un coup, l'autre, le traître, bref le mari s'en va. En un seul soir il est devenu cette vie percée d'où tombent l'un après l'autre les souvenirs comme le grain fuit du sac du meunier. Bientôt la poche au passé sera presque vide. Seuls resteront encore quelques bonheurs trop gros pour passer à travers les petits trous de la mémoire.

Voilà ce qui était arrivé à Jeanne, du village de Baren-Haut, quand son homme la laissa tomber par un soir d'hiver. Il descendit d'un mètre sous terre le surlendemain en la laissant poursuivre seule sa chute vertigineuse dans la solitude. Elle lui en voulait, non d'être parti car ç'aurait pu être son propre sort, mais de l'avoir abandonnée dans la vie, comme ça, d'un coup, comme on laisse tomber sa canne, pour devenir le même homme mais dans de beaux draps, et raide comme un clocher. Tout juste bon pour attirer la parenté et les voisins le temps d'un après-midi vers le trou inévitable. Puis rien. Ce qui s'appelle rien.

Sauf les trois lapins dans leur cage qui eux n'étaient pas en deuil, et cette route toute bosselée où les tracteurs continuaient à traîner n'importe quoi dans leur remorque en un raffut d'enfer.

Rien ni personne pour aider Jeanne à faire son deuil, comme on dit quand on ne regrette plus qu'en bouffées. Pas moyen d'inaugurer un brin d'avenir comme on coupe un long ruban noir. Et la neige se mit à tomber à grandes rafales sur le pays. On en avait rarement vu autant. Et Jeanne comptait les flocons à travers la vitre, et Jeanne croyait voir passer et repasser son homme au bout de sa canne. Cet idiot allait attraper mal. Une manie. La neige le jetait toujours dehors comme le vent fait sortir les moineaux. Elle crut le voir immobile de l'autre côté de la vitre et ce fut le début d'une incroyable histoire.

Jeanne sortit. Elle gagna la petite remise, prit pelles et balayettes et se mit à pétrir un bonhomme de neige, un grand puisque son homme était grand. Même allure jambes écartées. Un bras le long du corps et l'autre tendu vers l'horizon, ou l'au-delà, si on veut. Bref un petit chef-d'œuvre de froid, digne de ses vêtements sortis de l'armoire qu'elle n'hésita pas à couper à grands coups de ciseaux pour en habiller bonhomme. Bien ajustés, sans un pouce de neige libre. Tout y était : cravate et pantalons avec les clefs en poche, et le viril complément du chapeau. Viril tant il fallait de courage pour continuer à exhiber cet ustensile que personne ne portait plus ici depuis belle lurette..

Et Bonhomme tenait le coup. Il avait toujours aimé le vent et le froid et il le montrait bien ! Les voisins s'étonnaient un peu de le voir en bonhomme de neige. Comme ils avaient été stupéfaits lorsque ce même bonhomme, bien que paysan, s'était fait communiste.

Après plusieurs jours de glace vint le redoux et bonhomme commença à fondre. Pour Jeanne, il mourait. Mais cette fois, avec politesse, sans brusquer sa veuve. Le bras tendu retomba flasque le long du corps et l'autre ne tarda pas à chuter par terre. Le buste s'affaissa lentement et l'une des jambes ne suivit plus l'autre.

Bonhomme rapetissait mais même avec son chapeau de travers il conservait sa dignité et son allure. Et le redoux continuait et Jeanne à travers sa vitre observait la mort de l'homme avec un brin de tendresse triste. Tiens, aujourd'hui c'est son côté droit qui flanche. Tiens, la culotte ne tient plus et la cravate se débine.

Le gazon peu à peu se relevait et les herbes se redressaient entre ses jambes. On aurait dit que bonhomme se penchait pour cueillir la première fleur.

Et Jeanne fit son deuil, bien doucettement, tout tendrement, bien comme il faut, jusqu'au jour où elle sortit ramasser le tas de vêtements vides. Elle les enterra entre les draps de l'armoire et posa le chapeau par-dessus…

V

Feuille volante

UNE PHRASE MERVEILLEUSE LE RÉVEILLA SOUDAIN. Un de ces traits de génie qu'on croit inaccessibles tant ils résument une vie. L'amour et toutes les sagesses du monde se serraient en ces quelques mots. Ils venaient de jaillir de sa nuit comme une comète de rêve, et s'écoulaient de ses lèvres en ruisseau de bonheur.

Il s'assit au bord du lit pour regarder la lune, d'une rondeur parfaite dans cet univers immuable, auquel il venait d'ajouter l'essentiel. Il murmura la phrase et dans sa cage sa colombe lui répondit par un frisson d'ailes. Elle lui tenait compagnie depuis si longtemps, toujours à portée de sa main. Quand il sentait monter une angoisse, il ouvrait la porte de la cage et l'oiseau lui picorait les doigts.

Il allait s'abandonner à un sommeil béat quand il se souvint d'avoir déjà perdu deux ou trois poèmes nés de nuit, comme sa divine phrase. De leur évidente clarté, il ne restait au réveil que deux ou trois bribes d'une beauté à jamais morte. Des sottises et banalités qui précèdent le sommeil on se souvient toujours, mais une grande pensée sortie d'on ne sait où revient toujours à ce « je ne sais plus trop » dès qu'on ne s'occupe plus d'elle.

Donc cette nuit, par prudence autant que par plaisir, il fallait trouver une feuille pour perpétuer noir sur blanc ce miracle des quatre mots. Il tâtonna pour allumer et ne trouva pas sa lampe. Imbécile ! Il l'avait confiée à un ami pour qu'il la répare. Mais sur le marbre de la table de nuit, un stylo-feutre. Ces mots, il allait les confier à n'importe quel petit bout de blanc et prendre la lune à témoin de ce trait de génie. Mais rien. Pas le moindre papier. Il tenta de l'écrire sur son bras mais l'encre, avec la transpiration, allait s'étaler, sans doute même s'effacer. Le seul objet d'un blanc éclatant dans la pénombre était la colombe. Il sourit. Belle légende pour cette pensée essentielle s'il la confiait à un oiseau qui symbolise l'Esprit de paix.

Il enferma doucement la colombe dans sa main, la sortit de sa cage et la posa entre ses genoux. Il prit tout son temps pour écrire les quatre mots sur l'éventail soyeux de sa queue, puis, un sourire de gamin sur les lèvres, il remit l'oiseau en liberté et s'endormit en paix.

Ses songes le reprirent. Il traversait lentement la foule, l'oiseau blanc sur un doigt, et tous, à leur passage, murmuraient la petite phrase. Personne ne comprenait son sens car il n'avait pas la réputation d'un poète facile, mais on se la répétait.

Tandis que la foule s'inclinait, l'oiseau se mit à roucouler et Morgan s'éveilla d'un coup. La colombe s'était évadée de la chambre. Elle se lissait tranquillement les plumes, une à une, sur le rebord de la fenêtre. De son lit, il devinait sur l'éventail de sa queue, les traces indélébiles du feutre. Il frémit. De ses quatre mots il ne se souvenait que d'un seul, qui sans les autres ne valait pas mieux que n'importe lequel pris au hasard d'un dictionnaire. Mais au fond, quelle importance ? Sa « feuille volante » était là, à portée de main, aussi apprivoisée qu'un chaton.

Il se glissa doucement hors du lit. Il touchait déjà sa colombe quand elle referma l'éventail de sa queue sur les mots merveilleux et s'envola, soûlée de liberté nouvelle. Elle fit son petit tour de ciel et revint se poser sur le chêne, de l'autre côté de la cour. Morgan installa la cage bien en vue sur la margelle du puits où il sema quelques grains de blé, juste assez pour mettre l'oiseau en appétit. Mais l'autre continuait à roucouler sur sa branche.

L'homme remonta dans sa chambre et tenta avec ses jumelles de lire ce qu'il avait écrit, mais rien. La colombe ne cessait de s'agiter. Il sortit son fusil car il était vraiment prêt à tout, mais la chasse était fermée. Plus une cartouche. Il s'endormit épuisé et, dès le réveil, sauta à la fenêtre. Toujours rien dans la cage et rien sur l'arbre, mais tout là-haut, sur la girouette du clocher…

S'il disait dit vérité au curé, il passerait pour fou. Il ne pouvait qu'attendre le retour de sa colombe, ce qui ne tarderait pas, tant ces oiseaux ne s'éloignent jamais loin du gîte. Mais la bestiole blanche devait être plutôt fille du diable qu'enfant du Saint-Esprit. Le lendemain, elle avait disparu du village. Non, personne ne l'avait vue ni entendue chanter. Morgan se mit à errer à travers champs :

« Vous n'avez pas vu ma colombe ? » Un silence suivait, ou bien on se relevait, le menton sur l'outil, et l'on faisait semblant de réfléchir avant de répondre :

« Ah, non, monsieur, point de colombes ici. Rien que des corbeaux. »

Mais on pensait :

« Qu'a-t-il encore dans sa tête, ce vieux fou, avec cette nouvelle manie ? »

Les pas de l'homme le poussaient toujours plus loin dans les campagnes. Après avoir reçu partout la même réponse, il faisait semblant de parler d'autre chose pour montrer qu'il était sensé. Mais au fond l'était-il encore ? Un espoir fou ne vous rend pas plus sage. Il rêvait d'entendre :

« Mais bien sûr, monsieur, on a pris sur la haie une colombe avec quatre mots écrits sur la queue. On l'a justement dans le poulailler. »

Et Morgan aurait répondu :

« Elle est à moi mais je vous la laisse. Je veux seulement lire les quatre mots. »

Bientôt, en Provence comme le long du Rhône, on sut que ce vieux qui vous arrêtait où que vous soyez allait dire :

« Vous n'avez pas vu ma colombe ? »

On en aurait presque fait un santon, de ce vieux-là, tellement il faisait partie du pays qu'il finissait par ressembler à l'estounats de la crèche. Mais jamais l'homme n'aurait osé poser sa question dans un cercle littéraire. Ces gens-là ne savent même pas distinguer une colombe d'une tourterelle. Alors…

Il marcha ainsi des mois et des années en mendiant, comme ces sâdhus indiens ou ces chercheurs de pierre philosophale, avant de finir ses jours dans un asile de vieillards nommé l'Esclarmonde.

Quand il déambulait dans son parc, il gardait toujours par habitude les yeux au ciel. Il avait fini par devenir ce vieux monsieur si gentil, qui ne parlait plus de colombe, mais connaissait par cœur le nom des étoiles.

Un jour, une jeune infirmière, découvrant ce qu'avaient écrit les journaux sur le compte de cet étrange pensionnaire, s'amusa à lui parler d'un oiseau blanc qu'on aurait trouvé sur la route des Indes, un message écrit sur la queue. Le vieil homme sourit :

« Peu importe, mademoiselle… Depuis longtemps, je ne cherche plus cet oiseau. J'ai aimé tant et tant d'autres vérités au long des chemins que je n'ai plus besoin des mots… »

VI

Le château du temps

JE N'AI CONNU L'HISTOIRE DU BARON que des années après sa mort. Ce fut un de ces fous qui passent en comète à travers la raison, un de ces déménageurs d'âmes tellement nécessaires que ce serait un crime de les guérir.

Il avait vécu son temps parmi nous, et tout comme nous s'était retrouvé seul devant sa mort, mais lui se savait condamné à partir jeune. Au plus profond de cette blessure irrémédiable, il fut atteint de cette folie du Temps dont on ne saurait dire si elle fut haine ou amour passionné. Seule certitude, tout au long de ses dernières années, le baron se refusa furieusement à l'ennui, aux mensonges et aux facilités, si bien que chaque matin le retrouvait neuf et intact pour cet instant aigu du réveil.

Il décida de consacrer le peu de vie qu'il lui restait et sa grande fortune à bâtir un château de songe, un château comme seul un enfant peut en rêver. À ce château il donnerait un parc. Aux pierres immuables et folles, le parc accorderait des saisons qui passent et se recouvrent. Le château resterait le refuge de l'immobile tandis que son parc semblerait un lieu sauvage, d'une telle beauté qu'elle cacherait ses combats contre le jardinier.

Le baron déambula très vite sur des allées déjà définitives, entre les tiges maigres soutenues par un piquet d'où pendaient de petits écriteaux tels que « Séquoia gigantea » ou « Cèdre du Liban » D'autres auraient désespéré de la lenteur des pousses alors que ces lieux, visités chaque soir la canne à la main, étaient déjà sa cathédrale imaginaire pleine d'ombres, de vent et d'oiseaux.

Le château devenait sa certitude. Il le verrait de ses yeux de vivant se dresser sur l'ancien pâturage : quand des centaines de maçons auraient fait place aux paysagistes et autres horticulteurs, puis au portier et à ces femmes de ménage du pays qui promèneraient sur ses marbres les mêmes pas, aussi lourds que sous leurs forêts de châtaigniers. Ses murs se dresseraient bientôt au-dessus des tiges de ce qui serait dans vingt ans le parc, comme ces bâtiments demeurés seuls debout au milieu d'une forêt dévastée par les bombes.

Tant que durèrent les travaux, chaque heure du bâtisseur fut une suite d'exaltations et de doutes. Les jours des maçons de Notre-Dame furent les mêmes : donnés non pas à Dieu mais aux hommes, à tous les hommes. Ils se disaient francs-maçons pour mieux faire transhumer de pays en pays savoir et sagesse, au lieu de rêver qu'ils venaient de bâtir une cage à l'éternité.

Le baron ne descendait pas de cette confrérie mais de plus loin. Il était de la lignée des passants solitaires dont le présent et le passé marchent d'un même pas dans les brumes du petit matin, tandis que la phtisie ronge leurs poumons et leur famélique avenir. En parcourant cette cathédrale d'arbres au futur, il se sentait le plus mort des vivants et le plus vivant des morts, quand soudain assailli par la fièvre, son sang et sa vie s'insurgeaient en bouillonnant jusqu'à sa tête.

Un soir, comme un couchant venteux semblait transformer les prés en cascades, il vit comme un lointain mirage ce qui manquait à sa forêt : un lac assez long pour paraître grand, sous le peuple de saules à venir. Un lac dont les automnes pourraient déjà accompagner le sien. Il suffirait de capter tous les ruisseaux du voisinage et de bâtir une retenue de terre qui semblerait toujours avoir été là.

Six ans durant, le château monta pierre à pierre tandis que lui-même se sentait devenir une jeune ruine, mais la bâtisse à peine terminée, le bouquet à peine ficelé par les maçons sur le paratonnerre, le rêve qui faisait vivre le baron s'étiola. En désespoir de cause, il le sauva en bâtissant des escaliers et une chapelle où un Christ étrange, ses bras tendus, au lieu de bénir, vous appelait. Puis il inventa une vaste bibliothèque, cimetière inouï où les mots se laissent mourir plus doucement que ceux qui les ont écrits, lieu de résurrections improbables mais toujours possibles. Ceci fait, il ne laissa plus un pouce de mur sans le recouvrir d'émaux, de lambris exotiques ou de sculptures baroques et menaçantes. Il fit même construire pour ses pur-sang une écurie dallée de marbre rouge.

Ce grand œuvre à peine achevé, l'angoisse le reprit de plus belle. Bien pire qu'en ces jours anciens où devant lui ne s'étendait qu'une prairie de quarante hectares couverte de ronces. Là était au moins la promesse d'un combat ! De ce combat déjà ancien ne subsistait plus que la défaite de l'œuvre achevée.

Le baron se décida à mettre en œuvre ce qu'il ne fallait surtout pas entreprendre : il écrivit un testament qui s'avéra dérisoire. Ce qu'il rêvait de laisser n'était ni son château ni son parc qui irrévocablement allaient s'enfoncer dans les tourbes de l'histoire, mais sa jeune folie et ses combats.

Le grand visionnaire qu'il était se retrouva désarmé. Il ne trouvait que des pierres à donner. Tout ce qui pouvait sortir de terre étant désormais achevé, en dernier recours pour tuer encore le temps, le toujours jeune baron fit creuser une grotte, un trait d'union avec les profondeurs. Mais cette grotte, il la voulut vraie. On en défit une dans la montagne et on la remonta, juste au-dessus du niveau du lac où s'alanguissaient des cygnes blancs entre les reflets des nuages. Dans ce lieu d'ombres et de silence, tout était enfin possédé de lenteur. Jusqu'au jardinier qui devait, quand les nécessités le poussaient à longer la rive, marcher à pas comptés derrière les roseaux.

Ce vieil homme avait très peur du baron mais il l'aimait. Mieux, il le révérait et son baron supportait sa présence. À condition de ne pas prononcer un mot, le serviteur avait même le droit, les jours de pluie, de venir affûter sa faux dans la grotte.

Quand un soir il trouva son maître étendu sur le dos, il pensa qu'il avait enfin trouvé cette mort que tous attendaient, sauf le malade lui-même. Mais non. Le baron regardait une goutte se former sous la voûte, à la pointe saillante d'un petit rocher, comme pour attendre et se faire attendre. Puis d'un coup elle lâchait tout pour se disperser sur le sol tandis qu'un reflet, là-haut, reprenait sa place.

Sur le lieu exact de sa chute le baron fit sceller une pierre calcaire arrondie pour amorcer la montée d'une stalagmite. Il revint désormais passer de longues heures étendu dans sa grotte, le regard fixé sur ce point brillant.

L'infinie lenteur de cette goutte dut ralentir l'écoulement de son propre filet de vie car elle le porta deux ans plus loin. Juste assez pour voir pendre de la voûte l'ébauche d'une minuscule stalactite tandis que la stalagmite pointait à peine du sol.

Le baron pouvait enfin méditer sur une certitude : irrésistiblement les doigts de calcaire qu'il avait créés finiraient par se rejoindre, comme ceux de Dieu et de l'homme sur le plafond de la Sixtine.

Ses derniers mois dans la grotte, qu'il quittait de moins en moins, passèrent goutte à goutte en une patience infinie, tandis qu'une phtisie des plus banales consumait les restes de ses poumons et de son temps.

Deuxième partie

LA MONTAGNE N'A PAS VOULU

I

La chute des corps

TUQUEROUILLE. Un refuge, ce demi-bidon de ciment glacial dont le toit fuyait même quand il ne pleuvait pas ? Pour éviter ses gouttières, il fallait dormir contorsionné.

L'aube est une délivrance et la tiédeur du soleil, sur la pente, une bénédiction du ciel. Départ en chantant. La traversée à pied du lac glacé semble une provocation. On sent la surface élastique vibrer à chaque pas mais elle ne crèvera pas. Jouissance qui remonte jusqu'à la poitrine au point d'être presque douloureuse. Envie de chanter, de crier la vie.

Mais que font ces deux-là, perchés sur la falaise que domine la chute du petit glacier ? Qu'ont-ils à crier ? Pire, à bêler comme des moutons qu'on égorge ? On comprend vaguement qu'ils ne peuvent plus ni monter ni descendre. Avec les prises inversées des schistes fragiles qui obliquent vers le bas ils ont pu grimper facile mais où poser les pieds sur le rocher pour la descente ? Il faut, pour les repêcher, passer au-dessus d'eux, planter un solide piton d'assurance et laisser un rappel se dérouler jusqu'à eux. J'y vais, mais plus je monte plus la roche est pourrie et se délite sous les chaussures et entre les doigts. Me voilà pris dans un sale piège. L'ami guide avec lequel je devais faire le Marboré me crie de planter un piton et de redescendre sans m'occuper des deux autres. Ce que je fais. Le piton de secours sera donc pour moi et non pour eux. Je le coince au mieux dans une faille qui semble solide, je me suspends à la corde pour la tester. Et tout lâche.

J'ai le bon réflexe. Au lieu de tenter de m'accrocher à la paroi, je me retourne et saute dans le vide. Ceux qui prétendent que devant la mort imminente il n'est pas vrai que toute la vie défile comme un rêve n'ont pas connu ce moment où l'esprit vagabonde et s'évade pour ne pas voir la réalité d'une fin proche. Auront-ils eu la chance, après une chute d'une quinzaine de mètres, de tomber pieds joints sur un cône très pentu de petites ardoises brisées et de les labourer pieds joints pour limiter la brutalité de la chute ? Bref : me retrouver meurtri mais sans blessure grave, alors que tomber de cette hauteur sur du rocher aurait été l'adieu à la vie.

J'étais là, les yeux fermés, étendu au soleil en stop mental complet. Sans rien voir ni entendre. Encore côté vie ou déjà côté mort ? Je n'en savais rien. Cela semblait importer peu à ma conscience. Elle va reprendre quand je verrai un papillon se poser sur ma main. Alors que j'ai noyé dans l'oubli quantité d'événements réellement importants, je revois encore ma bestiole, avec ses couleurs qui scintillent et ses ailes qui palpitent. Les cris des deux autres dans leur falaise me demandant si je suis vivant me ramènent en moi-même, mais dans un état bizarre. Je m'assieds, ahuri, me demandant ce que je fais là. Le guide tripote ma cuisse et mon genou douloureux et il a l'air satisfait. Je me sens heureux sans savoir pourquoi. J'ai si bien effacé tout souvenir de la chute, que je demande à remonter à la recherche de mon piolet resté là-haut.

À peine à Tuquerouille, mon copain déclare :

« Après-demain, je fais la cheminée en Y du Balaïtous. Il faut que tu viennes, sinon, tu ne feras plus jamais de montagne. Dès qu'il y aura du vide, ta tête et tes jambes seront comme paralysées. »

Je suis incapable de décision. Je verrai si je suis encore capable le lendemain d'attaquer le pied de la fameuse cheminée en Y après la description qu'en fait mon ami le guide.

« La branche gauche est trompeuse. Au début c'est facile mais après ça devient de plus en plus malin et au bout on a un surplomb à contourner.

La branche droite c'est le contraire. Tout démarre un peu raide avec du "quatre" mais après c'est tout en bonnes prises et la sortie les doigts dans le nez. »

Moi je m'en fiche de son Y et de ses doigts dans le nez. Je vais suivre si je peux, sans regarder vers le bas parce que ce serait encore plus difficile de refuser que d'y aller. Mais en passant la rimaye, très détachée du rocher par une année de sécheresse, j'entends au fond le grondement du torrent du glacier de La Neous s'engouffrer sous ses glaces. Une angoisse bizarre me prend. Ce n'est pas celle de la chute mortelle mais celle de me retrouver seul sous ce glacier à agoniser pendant des heures. Les deux clientes du guide ont sans doute autant envie que moi de redescendre mais avec ce guide, on ne passe pas au vote. On obéit et on grimpe. Vite fait de voir que les citoyennes sont beaucoup moins aguerries que ce qu'elles prétendaient au départ. Elles se rétablissent sur une vire en pente douce quand le guide hurle :

« À plat ventre. »

On entend une volée de pierres rebondir le long de la cheminée. Les filles crient et je reste debout, dans une sorte d'indifférence. Cette fois la montagne voudra de moi. L'un des cailloux, c'est sûr, sera pour mon crâne. Faux. Quand je relève la tête je vois que le visage des femmes est barbouillé de sang. Mais pas moyen de les faire repartir pour sortir de ce satané passage, avant que la montagne ne nous recrache dessus. Rien n'y fait. Ni les promesses ni les menaces. Elles veulent que les secours viennent les récupérer là où elles sont.

« Il y a un piton fixe là-haut. Si elles se sentent assurées, elles repartiront », me dit le guide.

Il peut toujours parler, je m'en fiche. Je ne suis pas concerné.

« Tu vas y aller avec ma corde.

– Pourquoi moi ?

– Si je les laisse seules, je les connais : elles vont essayer de redescendre par leurs propres moyens et elles se casseront la gueule. Moi je les garde et toi tu montes.

– Si je décroche qui va m'assurer ?

– Dis-toi que tu ne peux plus tomber. »

J'arrive sans peine au piton de sauvegarde. Mon mousqueton claque. Je laisse filer le rappel. Les filles en bas pleurent de joie.

Soudain, je me sens guéri. Je referai de la grimpe.

Quelques mois après cet incident, mon ami faisait une chute mortelle dans l'autre branche de la cheminée en Y. Son corps s'engouffrait sous la rimaye et le torrent l'entraînait au cœur du glacier. Il ne l'a rejeté que des années après.

II

Quatre canards bleus

Le guide Sylvain Bellafonte s'éveilla d'un cauchemar épouvantable. Il avait glissé dans une crevasse du Nethou, si étroite qu'elle bloquait sa poitrine. Ses efforts pour se dégager l'épuisaient. Il se sentait mourir, coincé entre deux murailles livides et glaciales.

Il se glissa hors du lit sans éveiller sa femme et traversa le couloir. La porte de la chambre de son fils était ouverte. Son amie et lui dormaient nus sur le lit. Ah ! jeunesse… Sylvain sourit, gagna la cuisine et but un verre d'eau glacée. Il se souvint de son premier amour, au bord du lac de Saousat. La fille avait parié qu'il ne se jetterait pas à l'eau en cassant la glace. Il avait jeté des blocs sur la glace, avait fait un trou pour se jeter à l'eau mais impossible de remonter sur la rive. Peu à peu, l'eau glaciale broyait sa respiration. La fille avait dû le sortir à grand-peine du lac. Mais cette fichue oppression revenait.

Il descendit au rez-de-chaussée. Les portes grinçaient mais ne réveillaient personne. Il les referma soigneusement derrière lui et se réfugia dans les toilettes. On ne dérange pas une maison en pleine nuit parce qu'on est tombé en songe dans une crevasse. Bien calé sur le siège, il retira sa chemise trempée de sueur.

La lune inondait encore l'étroit réduit des toilettes d'une lueur malade mais les glaciers craquaient déjà là-haut, pour annoncer le petit jour. Sylvain pensa :

« Tiens, c'est la Maladeta ! Ça, c'est un rocher des Gours-Blancs qui décroche. »

Devant lui, quatre canards bleus inclus entre les carreaux de porcelaine. La lune les découpait en encres de Chine.

Sylvain devait avoir dix ans quand son père, avant de se tuer dans le couloir de Gaube, avait carrelé ces W.C. L'enfant terrible avait pleuré jusqu'à ce qu'on incruste là ces canards de céramique repérés au bazar de Bossost, et restés pour compte depuis des années tant ils étaient de mauvais goût. Pour le jeune Sylvain, ces canards bleus toujours en devanture, marquaient une étape de bonheur sur le chemin de l'école. Sur le mur des toilettes, ils apaisaient les angoisses d'un enfant seul dans cette pièce étroite et lugubre où on ne fait que de vilaines choses.

Bellafonte tendit la main pour caresser le plus petit des canards. Il se sentit aussitôt basculer en avant. Une grande respiration pour appeler mais aucun son ne dut sortir car il reprit connaissance par terre, coincé entre la porte et la cuvette. La lune avait déjà fait un quart de tour, plongeant les toilettes dans le noir. Sauf les canards. Le plus grand luisait tout contre le front de Sylvain. Il lui toucha le bec du bout du doigt et remarqua que son index n'était pas loin d'être aussi sombre que la céramique. Inutile de tenter de se hisser sur le siège. Au moindre effort, il perdrait connaissance.

Un guide des Incantats, et pas n'importe lequel, qui n'arrive plus à escalader la cuvette des toilettes ! Seule solution, attendre le dos contre la porte, et la nuque calée par un rouleau de papier hygiénique. On avait connu bien pire sur l'arête du Diable. Cela faisait cinq ans ? Dix ? La foudre ne les avait pas touchés de plein fouet, mais avait craché entre eux sur le rocher mouillé. La corde trempée s'était chargée de conduire la décharge. Coup de chance, la cliente avait dévissé de l'arête côté rochers et Sylvain côté glace.

Entre eux, la lame aiguë de granite et la corde tendue à se rompre. La fille sanglotait à l'autre bout.

Eh bien non ! Bellafonte était encore Bellafonte. Tout le monde devrait rentrer le soir au refuge !

Noyer le piolet dans la glace, y nouer la corde pour retenir la cliente, le temps de grimper sans assurance sur le fil de l'arête pour tirer un rappel. Remonter et calmer la fille qui n'aidait guère et…

Une quinte de toux prit Bellafonte. Sa vue se brouilla. T'accrocher, Sylvain, t'accrocher à la vie comme aux prises des Diables ! Comme là-haut, penser de toutes tes forces qu'on peut s'en sortir, qu'on doit s'en sortir ! D'ailleurs, tout se remet d'aplomb. Attendre l'aube… Pourquoi ne pas essayer de dormir ? Impossible. Ces fichus canards se mettent à s'agiter. Ils marchent, ils se retournent, ils picorent le vide. On ne va tout de même pas se laisser mourir ici alors que la femme dort juste au-dessus et que les jeunes, s'ils se réveillent, vont refaire l'amour !

On retrouverait demain le guide Bellafonte raide et obscène dans les waters ? Ne plus faire le moindre geste. Récupérer, comme au bout du vertige, avant de se rétablir doucement sur la cuvette.

Mais ces canards ! À chaque étape de sa vie, ils lui semblaient différents.

À dix ans, leurs yeux rouges le fascinaient. À quinze, leur gorge évoquait un petit sein. Plus tard, ils étaient du bleu d'Islam. Pourquoi l'Islam, qui donc avait parlé de ce bleu d'Islam ? Quelque touriste ?

Cette nuit leurs ailes semblaient vouloir se déplier…

Canards ou pas, Bellafonte respirait vraiment mieux. Il trouva la force de chercher la balayette et d'en donner des coups violents contre la porte, mais personne là-haut ne bougea. Quelle idiotie en descendant, d'avoir soigneusement refermé toutes ces portes derrière lui ! Un dernier effort pour remonter sur le siège fit perdre à Sylvain le bénéfice d'une heure de repos.

Maintenant, il avait soif. À en crever. Comme en fin de course de glacier sous la canicule. L'eau de la cuvette ? À la pensée de boire, son estomac protesta. La tripe garde encore de ces dignités !

Tiens donc, Sylvain, les idées reviennent ? Comment n'a-il pas pensé au téléphone ? Il est juste derrière la porte. À la pizzeria, Joëlle doit commencer à faire sa pâte. Elle rappellera et tout le monde ici sautera du lit.

Sylvain tenta quelques contorsions mais son corps inerte bloquait la porte et l'espace manquait pour la libérer. Restait la chasse des W.-C., à manœuvrer le nombre de fois qu'il faudrait. Sa femme avait horreur qu'on s'en serve la nuit. Mais la tirette était elle aussi hors de portée.

Sylvain tenta de l'accrocher avec la balayette, mais il manquait encore l'espace d'une main et l'objet devenait lourd comme du plomb. Il faudrait donc, pour avoir du secours, attendre jusqu'à l'aube.

Bienheureuse compagnie que ces canards bleus, et tous ces souvenirs qu'ils réveillaient dans sa mémoire. Le premier, surtout avec son petit air agressif et vicieux de mauvais canard. (On avait raté son œil)

Le deuxième ferait là plutôt mère poule. À lui la tâche de consoler l'enfant après les baffes du père. Maintenant, les consolations…

Le troisième, le seul de face, regardait ailleurs avec indifférence.

Restait le quatrième, le tout petit. Bellafonte choisit de ne plus voir que lui en attendant les secours.

Peu à peu montait un vide paisible. Membre après membre, son corps s'endormait. Les jambes s'engourdirent en dernier, puis la poitrine s'oublia.

Étrange, de se sentir vivant hors du monde…

Les ailes du petit canard se mirent à vibrer comme celles des libellules.

De plus en plus vite… Puis rien. Plus rien.

III

William DLOW

WILLIAM AVAIT GARÉ sa voiture devant les granges d'Astau. Un sacré parking perdu en pleine montagne, qu'il n'avait eu aucune peine à trouver grâce à son GPS. Un GPS qu'il allait abandonner ici pour mettre son DLOW de rando en action. (On utilise cet écran de repérage en montagne aussi facilement que le GPS sur une route, et quelle facilité ! Quelle sécurité ! Plus besoin d'amener de carte, de chercher les sentiers de tel ou tel GR, même dans le brouillard. On programme l'itinéraire en suivant des indications vocales qui vous tiennent compagnie. Jamais seul.)

De ce lieu visité pour la dernière fois à l'âge de trois ans seuls restaient debout les murs d'une grange ruinée. À cette époque, papa-maman étaient des pionniers du camping en altitude. À 2000, ils avaient l'impression d'affronter tous les périls des abîmes, en cognant sur les piquets de leur tente sommaire. D'autant plus sommaire qu'il n'existait ni duvet ni matelas. On empruntait au paysan sa paille et à bonne-maman de vieilles couvertures. Et pour le coup, on était seul.

En ouvrant sa portière, William l'ingénieur programmeur se souvint non sans honte de cet épisode ridicule qu'il n'osait même plus raconter : en pleine nuit, papa s'était mis à embrasser maman à demi assoupie avec une telle passion qu'elle s'était laissée faire en attendant la suite. Ces baisers passionnés et humides c'était la mode dite du « baiser français ».

Cela avait duré jusqu'à ce que papa hurle : « Dégage ! ». L'embrasseur n'était ni lui ni un rival. Comme maman à son habitude s'était tartinée avec une bonne dose d'antimoustiques, une vache insomniaque avait trouvé le parfum à son goût et elle léchait, cette brave ruminante, léchait avec délice les bonnes joues de la mater.

William repoussa dans le passé ce classique de son enfance pour consulter son DLOW (*Do not Lose one's way*) sur lequel tout l'itinéraire était noté en rouge. Il provoqua l'appareil en tentant de s'égarer, mais une voix neutre lui fit aussitôt remarquer : « Erreur. Revenez au dernier signe. » De quoi s'émerveiller, non ? À la montagne cette boîte ajoutait un plus. Ou plutôt, la montagne ajoutait un plus à ce merveilleux miracle de guidage par satellite. Et William avait beaucoup plus d'yeux pour son cadran que pour les sommets. Cascades, fleurs, ou rocs faisaient piètre figure comparés à ces signaux du cosmos qui ne s'adressaient qu'à lui pour le mener où lui seul avait décidé d'aller. Un signe aussi miraculeux que celui que recevait du ciel l'Enfant Jésus, de ce céleste GPS qui le conduisit tout droit à la grange programmée de Bethléem.

Au refuge du lac d'Oô, le DL de William déclencha l'intérêt général. Il dut en faire et refaire la démonstration. Sauf pour ceux qu'avec un brin de mépris il surnomma les quincailliers : un couple qui descendait du Grand Dièdre des Spigeoles avec les cordes sur le sac, des batteries de pitons sonnant à leur ceinture et une carte d'état-major en piteux état. Il leur fallut demander à William où ils étaient !

Ces renseignements une fois donnés avec condescendance, il programma l'escalade en solitaire de l'arête est des Spigeoles sur laquelle il fit un double zoom. La vue détaillée était stupéfiante de netteté. Il s'y engagea, franchit sans peine le premier gendarme, et DL lui suggéra la traversée de la face sur une vire. Arrivé au milieu du passage, une voix neutre l'apostropha : « Vous êtes sur du quatre sup. Sortie en cinq. » Pour une fois DL avait failli. C'était avant de s'engager qu'il convenait de l'alerter en lui signifiant haut et fort que la voie était très au-dessus de son niveau technique ! Et maintenant, DL ne pouvait rien pour lui. Si l'appareil avait été intelligent il aurait dit : « Vous avez une chance sur vingt de vous en sortir par beau temps. Sur rocher humide, aucune. »

William se mit à trembler. Une prise dérapa sous le pied droit, bientôt suivi par le gauche. Une main tenait encore le DL, l'autre se crispait désespérément sur une petite bosse, tandis que les pieds grattaient la paroi pour accrocher la moindre saillie.

Il crut entendre une voix de satellite répéter d'un ton neutre : « Tu te casses la gueule. »

On retrouva William cinquante mètres plus bas. Le DL restait sous garantie.

IV

Vous avez dit courage ?

QUE DE BELLES HISTOIRES n'a-t-on pas écrites sur ces médecins de montagne héroïques qui bravaient tempêtes de neige et nuits glaciales pour sauver des vies dans des fermes perdues à l'autre bout du pays. Mais la vérité fut la plupart du temps bien plus prosaïque. On sortait de son lit et on prenait la route sans trop savoir ce qu'on allait trouver, tout simplement parce qu'il le fallait bien. On avait peur de glisser seul et sans recours au fond du ravin après un virage glacé. Cette crainte n'avait d'égale que ces appels de nuit dans des villages de Barousse, sur ces routes étroites et enneigées où l'on croisait des vacanciers parisiens éméchés qui se croyaient encore sur le périphérique ou sur une piste auto-skiable !

Je me souviens d'un appel de nuit pour le village perdu de Labach de Melles. Inutile de vouloir s'engager avec une voiture sur les cinq kilomètres de neige fraîche d'un flanc de montagne alors sans rambarde. Une fois la voiture bloquée comment réussir à la retourner face à la descente ? Monter à pied avec un vent de face était aussi exclu. Il fallait donc chercher de l'aide : sortir du lit le cantonnier qui conduisait le chasse-neige, un vieil engin rustique et capricieux qui tombait en panne et qu'il fallait alors… désenneiger. De toute façon, la montée serait à risque.

Cette nuit-là elle le fut mais en même temps merveilleuse. La montagne, sous pleine lune, faisait décor de conte de fées. On se serait attendu à les voir paraître en haut de quelque sapin. La lueur de la lune, cette grosse gomme céleste, effaçait tout relief. Plus jeune, j'avais sauté à ski par une nuit de lune du haut d'une falaise heureusement pas très haute.

Le chasse-neige ouvrait la route « au pif ». Il fallait être sur ses gardes, prêt à sauter si l'engin se renversait ou glissait vers le vide. On pouvait heureusement se guider aux traces de l'homme descendu à la cabine téléphonique pour avertir que là-haut tout allait mal. Mais arrivés en fin de piste avec beaucoup de chance, il fallait retrouver la fermette dont le toit aussi blanc qu'on peut être blanc dépassait à peine de la pente. Après les premiers soins, il fallut manœuvrer le chasse-neige sur un espace qui s'y prêtait mal. Une belle descente et vogue la galère pour alerter les pompiers et leur brancard. Eux monteraient et redescendraient les dix kilomètres à pied. Finalement, la femme fut sauvée de justesse. On n'avait fait que notre travail.

C'était avant l'ère de l'hélico et du téléphone portable.

Un appel de nuit pour des accidents de la route, quand on est en train d'inventer comme tous les soirs des écrits imaginaires, tenait du cauchemar. Une page resterait inachevée, interrompue par un drame, qui lui, n'aurait rien du roman. On ne savait jamais ni ce qu'on allait trouver, ni ce qu'on pourrait faire, ni comment tout se terminerait. Seule certitude, ce serait du travail bénévole. On ne fait pas signer un chèque à un accidenté, on ne rend pas la monnaie devant une voiture en feu. Mais après ? En trente-huit ans de bons et loyaux services, je n'ai presque jamais eu le moindre merci de celui ou de celle que j'avais tiré d'un mauvais pas.

Trois fois j'ai hérité d'une telle reconnaissance que j'ai cru rêver. Pour la première, c'était d'un homme qui s'était endormi et embroché de nuit sur un tronc d'arbre. Il m'a téléphoné quand il était rétabli.

L'autre fois, j'étais couché avec d'autres au Tibet sur le confort sommaire et odorant de peaux de yak quand une étrangère nous a réveillés. « *Doctor, here ?* » Son compagnon allemand était plongé dans les douleurs atroces d'une colique néphrétique. Il n'avait pas bu ses deux litres de thé au dessert et le payait. Une simple intraveineuse pour lever le spasme et il ne souffrait plus. Il m'a demandé mon adresse. Je l'ai donnée sans illusion. Erreur. Quelques semaines après, je recevais un livre superbe sur l'Himalaya.

Mais le pire, qui vous donne envie de gueuler des insultes, ce sont ces voyeurs agglutinés autour d'un accident. Pensez donc ! Demain, ils pourront dire : « Vous avez vu ce carnage sur le journal ? J'y étais. » Eh oui, il y était, ce crétin, et il ne s'est pas bougé d'un poil. Il pompait le drame comme on va à une séance gratuite au cinéma.

Il y a aussi l'inattendu qui rachète l'homme et vous laisse avec une stupéfaction bien proche des larmes quand une voiture de luxe s'arrête en pleine nuit près de celle qui a versé dans la profondeur boueuse d'un fossé. Madame la conductrice « bon chic bon genre » sort de la sienne. Je la vois incrédule enlever ses chaussures, nouer sa belle robe du soir autour de sa taille. Elle s'enfonce dans la gadoue du fossé puis dans la rivière pour m'aider à extraire une fillette, puis avec une grande distinction : « On n'a plus besoin de moi ? »

Si j'avais osé, j'aurais embrassé cette inconnue qui reprit, toute crottée, le volant de sa belle bagnole et disparut dans la nuit sans faire d'histoire, comme elle en était sortie.

V

Un drame pour rire

On a beau avoir marché, grimpé et couru le monde, arrive le jour où en montagne comme en médecine, on va commettre une erreur de débutant. Si ce jour-là on sert de guide, en engageant des vies confiantes dans une aventure qu'elles ne pourront surmonter, on devient facilement un irresponsable.

Nous voilà donc en haute vallée de l'Hospice de France, au-dessus de Luchon. Le temps menace. Les nuages lourds auraient dû nous décourager de tenter le pic de la Pique qui domine le site de son sommet aigu impressionnant. La voie normale, en temps normal et par temps sec, n'est pas difficile.

Première erreur : on tente le coup quand il aurait fallu avoir la sagesse de renoncer.

Deuxième erreur : nous étions partis trop tard. C'était encore jouable pour des marcheurs entraînés mais il y avait ces deux femmes, néophytes lentes, craintives et vite épuisées. On déboucha sur le sommet sous une mauvaise bruine quand le jour n'était plus loin de tomber.

Ultime erreur qui prétendit corriger les premières, au lieu de redescendre par la voie de la montée, on voulut traverser sur l'autre versant par de grandes pentes où serpentait un semblant de sentier. Mais la neige qui venait de se retirer avait laissé des herbes aplaties et glissantes, collées sur un sol boueux. Pire que de la glace vive. Il aurait fallu des crampons ou tout au moins les bonnes chaussures que les deux débutantes avaient laissées en bas.

La corde tendue retint de justesse la première glissade. Un piolet, par chance, avait réussi à se glisser dans une faille de rocher, bloquant la fille dans sa course avant qu'elle ne prenne de la vitesse sur la pente, vers une falaise à pic. Sans le blocage de la corde sur le piolet, la corde d'attache nous aurait tous irrésistiblement entraînés vers le vide, pour un saut d'une centaine de mètres.

La jeune femme péniblement hissée et remise sur pieds avait une peur insurmontable. Elle ne voulait plus avancer. Qu'on me pardonne mais je n'ai pas trouvé d'autre moyen de l'y forcer que des coups de manche du piolet. En bas, une petite lumière remontait le sentier, précédée par une tache blanche dont nous allions savoir plus tard que c'était un chien sauveteur, une grosse bête tout terrain.

Le journal du surlendemain décrira dans un style journalistique de grand reporter « l'aventure folle de ces quatre alpinistes incompétents sauvés par Barry, le chien au grand cœur de l'Hospice ». Celui qui avait fait la bêtise, moi-même, n'était pas tellement incompétent mais aspirant-guide et le chien nous avait retrouvés marchant sur un bon sentier de promeneurs. Passons.

Cet article tomba à Bordeaux entre les mains d'un patron de grande entreprise qui, le tendant à son jeune ingénieur, lui demanda ce qu'il pensait de ces quatre imbéciles qui avaient risqué la vie d'un guide, etc. (L'ingénieur pensa simplement qu'il valait mieux ne pas dire qu'il faisait partie de ce quarteron d'imbéciles.)

Mais, comme cela arrive souvent dans la vie, l'épilogue de ce drame évité de justesse allait tourner une heure plus tard à la loufoquerie la plus hilarante.

Là-haut, les cordes avaient gelé. Impossible d'en défaire les nœuds. On avait dû monter dans notre 2 CV encore reliés par cette corde.

Aïe ! Sur la route de la descente un maudit clou attendait le pneu de notre voiture.

Et pffff ! au milieu du bal annuel de Pont-de-Cazaux où tout le village danse sur la route. La voiture n'aurait distrait l'attention de personne si les jeunes n'avaient vu sortir de la porte avant un citoyen encordé à un autre lui-même ficelé à deux femmes qui refusèrent de se ridiculiser en descendant avec leur laisse. La corde qui joignait les deux hommes sortait donc d'une vitre comme le cordon ombilical d'un nouveau-né. On aurait bien coupé cette maudite corde mais les couteaux étaient Dieu sait où dans la malle arrière. Il fallut donc réparer tout crottés par nos chutes, à la lueur de lampes électriques, comme si nous faisions la face de la voiture en hivernale.

Belle attraction inespérée du bal d'où nous avons dû repartir sous les applaudissements moqueurs de la jeunesse qui n'en demandait pas tant. Heureusement pour lui, ils n'ont pas reconnu en ce héros le jeune toubib qui venait juste de s'installer.

Troisième partie

LE TORRENT N'A PAS VOULU

I

Naufrage

LA MONTAGNE A ACCOUCHÉ d'un gave pyrénéen qui, de temps en temps, vient me rendre visite en fertilisant mes carottes et remplissant ma cave de boue. Il lui est arrivé aussi de servir de scène à des aventures tantôt drôles tantôt beaucoup moins.

Seisdedos était un homme d'un très grand âge qui devait sans doute son nom à une ancêtre qui dota son fils d'un sixième doigt. Je le soignais quand sa femme réussissait à le convaincre qu'il était vraiment malade. Il se laissait faire pour avoir la paix mais jetait en cachette mes médicaments ou les crachait dans la cuvette des W.-C. quand son épouse impitoyable avait le dos tourné. Il n'avait aucune envie que je l'empoisonne. Quand j'allais l'examiner, c'était pitié de voir ses yeux suppliants de chien battu et ses gestes désespérés derrière le dos de sa femme. Il finissait souvent par me convaincre qu'il n'avait rien, que la malade c'était elle et je repartais bredouille et fâché avec l'épouse car j'avais eu l'audace – un comble – de me faire payer cette absence de consultation. Si j'avais été gratuit, la matrone m'aurait rappelé tous les jours au chevet de son Seisdedos dont la seule vraie maladie était d'être bientôt centenaire. Une maladie dont on ne tarde guère à guérir.

Le vieux briscard avait une passion pour la Marine. Il aurait été, prétendait-il, *marinero* du côté de Cadaquès au siècle dernier, ce qui resterait éternellement à prouver car tous les témoins de cette lointaine époque avaient depuis longtemps levé les voiles. Toujours est-il qu'un beau jour le *marinero* vint me demander l'autorisation d'utiliser la plage qui termine mon pré comme port d'embarquement pour le bateau qu'il s'apprêtait à construire de ses mains. Pourquoi pas ? Il voulait absolument que je garde le secret mais la semaine n'était pas passée que tous les gosses du village en parlaient en récréation.

Quand je lui demandai :

« Pour quoi faire, ce bateau ? »

Il me répondait invariablement :

« Pour qu'il flotte. »

L'évidence même. Mais le projet était secrètement plus ambitieux. La barque devait, avec Seisdedos comme « capitaine », descendre une partie du torrent. Ce serait bien la preuve que *marinero* il le fut un jour.

Il se mit donc à construire ce qui ressemblait à une barque avec l'avant et l'arrière pointus et le fond plat. Le tout allait être propulsé, comme en Afrique, par deux genres de pattes de crabe qui s'appuieraient sur les cailloux du fond. Passons sur tous les événements qui émaillèrent le chantier naval pour arriver au jour de la mise à flot dans les quatre-vingts centimètres de profondeur du torrent. Malgré les protestations du vieux, une corde de vache fut arrimée à la proue, précaution qu'il considéra comme une insulte.

Sa mégère s'était abstenue. Elle aurait gâché par ses cris de future veuve d'un noyé de la Marine une cérémonie qui se devait d'être solennelle. Malgré l'absence du Président de la République, on brisa sur la coque la bouteille de champagne remplacée par une d'anisette. Ceci ne semble pas étranger à la voie d'eau qui se déclara. Il faut ajouter la mauvaise tenue de l'étanchéité obtenue en bourrant les joints avec de l'étoupe. Ces calfatages de fortune se mirent à filer dans le courant comme une traîne de mariée. Et lentement, noblement, le glorieux navire s'enfonça dans les flots, malgré les efforts du *marinero* qui vidait l'eau avec sa casserole.

Pour comble de malheur, voilà la vieille qui rapplique, alertée par ses voisins. Son marin était en perdition ! Voyant approcher cette fin funeste et n'ayant aucune envie de tomber entre mes griffes comme vrai bronchiteux, le faux *marinero* regagna la rive à pied.

Quant à sa barque… La malheureuse suivit le fil du courant et jamais on n'en entendit parler.

En ce même lieu de ma rivière, un autre événement devait survenir quelque temps plus tard :

Lors d'une consultation particulièrement chargée, une femme un peu débile – une « non-comprenante » comme on dit une « non-voyante » – vint me demander une pension, au motif que sa voisine en avait obtenu une, car soi-disant elle ne pouvait pas marcher, alors qu'on l'avait vue « aux champignons ». Le souhait de cette femme était d'autant plus irréalisable que je n'avais aucun pouvoir pour pensionner qui que ce soit. J'essayais de tout lui expliquer mais je me heurtais à un « puisque la voisine qui n'a rien va aux champignons », et ainsi de suite.

Les malades suivants piétinaient dans la salle d'attente de l'autre côté de la porte. Je finis donc par éconduire fermement ma « non-comprenante » et la menai vers la sortie malgré ses protestations véhémentes. Je n'étais pas un bon docteur parce que je n'étais pas capable de lui donner une pension alors que la voisine qui allait aux champignons touchait gros et ainsi de suite. Avant de partir, elle prit à témoin ma salle d'attente :

« Puisqu'il veut pas, j'ai plus qu'à me noyer. »

Des candidats à la noyade, j'en ai vu (… ou vues) qu'on retrouve tapant la boule parce qu'ils (… ou elles) ont retrouvé une roue de secours à faire tourner dans leur lit, si j'ose dire.

Je passais donc à des cas plus sérieux quand j'entendis un remue-ménage venant du fond du parc. On me ramenait ma candidate à la pension, dégoulinant dans les bras d'une voisine également trempée. L'ayant vue se jeter du haut du pont, la salvatrice s'était précipitée dans le gave qui bouillonnait sous sa fenêtre, et avait réussi à arracher la candidate à la noyade en la tirant par les cheveux, que fort heureusement elle avait longs. Elle venait de la traîner sur la berge dans mon parc.

Il ne restait plus qu'à déshabiller la femme pour la sécher et la frictionner énergiquement. Entre-temps Madeleine, ma femme, allait chercher dans sa propre garde-robe de quoi l'habiller chaudement. Malgré les circonstances rien n'était plus drôle que cette pauvresse ainsi sapée en bourgeoise aisée, Cendrillon tout ahurie de l'aventure.

Le *happy end* serait à méditer : embarquée par les pompiers cette pauvre femme allait faire sensation à l'asile psychiatrique avec son luxueux accoutrement, et cette pension dont elle rêvait tant, elle allait enfin l'obtenir comme handicapée mentale. J'avais légalement raison mais tout faux en ne comptant pas sur la Providence.

L'histoire ne dit pas si l'automne suivant la vit aux champignons avec la voisine…

II

Le monstre de la Pique

RESTONS SUR LA MÊME RIVE qui décidément fut le lieu de beaucoup d'événements, dont cet autre qui défraya longtemps la chronique locale. Je me plais à le raconter avec le plus de sérieux possible, bien qu'il puisse passer pour une « gasconnade ».

La légende de notre torrent voulait que sous le balcon de ma maison une truite monstrueuse eût élu repaire. Une de ces bêtes à faire rêver les pêcheurs, ou cauchemarder, comme on voudra. Qui donc l'avait vue pour qu'on se transmette sa description précise, de génération en génération ? Personne sans doute. Pas plus que la bête du Gévaudan. Toujours est-il qu'on évitait de lancer sa ligne vers ce trou d'eau maudit où elle accrochait et cassait immanquablement. En accuser le monstre était moins humiliant que d'avouer avoir perdu un hameçon sur un vieil objet pourrissant sur le fond.

Un seul dans la commune croyait vraiment à la truite mais, hélas pour la postérité, on n'a pas gardé son nom. Il s'était équipé en conséquence : gaule incassable en fibre de verre, crin à l'épreuve d'un espadon avec fil d'acier pour que la dent du monstre ne le tranche pas, et moulinet qui aurait pu tracter un poisson de mer. Donc l'équipement était paré, au monstre et à l'homme tous les fantasmes.

Il patientait des heures et tentait la bête avec des mouches sophistiquées qu'il projetait sur le trou d'eau avec une précision de virtuose. Lui aussi finissait par devenir une légende locale et une source de plaisanterie quand un matin, tout bascula avec ce cri :

« Je l'ai piquée ! »

Je me précipite sur le balcon. C'est vrai que la canne était pliée en arc, c'est vrai que le fil était tendu à mort, mais guère plus que s'il avait pêché un vieux vélo rouillé gisant sur le fond ou avait emmêlé son crin autour du crâne de bœuf dont le boucher se débarrassait délicatement de nuit dans la rivière. À cette différence près que le fil zigzaguait sur l'eau. Il y avait du vivant au bout. Une belle prise sans doute, mais de là le monstre de la Pique… Jusqu'au moment où la bête prit le dessus. Le pêcheur pêché fit le grand plongeon au bout de sa gaule et le poisson se mit à le traîner en plein courant. Il ameutait tout le monde en passant devant les maisons. Au point que plus bas, un collègue attendit son passage, armé de sa grande épuisette. Elle ne fit pas de vieux os. Quand il tenta de la glisser sous le poisson après une gerbe d'écume, on entendit un crac et le manche lui resta seul entre les doigts.

Et la bête tirait toujours. Le pêcheur, de temps en temps, reprenait pied puis le monstre le précipitait à nouveau dans la baille glacée. L'un tirant l'autre ils arrivèrent sur un maigre au bout du village, où l'eau était peu profonde. Deux ou trois riverains munis de fourches attendaient la bête. Elle s'échappa encore et renversa un homme avant d'être enfin traînée moribonde sur le bord, comme un taureau hors de l'arène. Le monstre était réellement énorme et sa gueule ouverte aurait fait de gros dégâts au mollet qui lui serait tombé sous les dents.

Me restent en mémoire les chiffres de son poids et de sa taille inscrits sur le journal avec sa photo, mais je ne les dirai pas ici par peur d'être pris pour un farceur. J'en laisse le soin aux témoins survivants. Il doit bien s'en trouver quelques-uns qui vous diront avoir assisté à la scène. Ils y ajouteront des détails héroïques sur lesquels je n'apposerai aucune garantie.

Quatrième partie
MIEUX VAUT EN RIRE

I

Vertueuse verrue

UNE VERRUE COMME UNE FRAMBOISE, qui virait au noir de mûre quand Marie était triste, au vermillon pour ses colères. Une verrue qui, pour son mari Pepito, finit par devenir une obsession. Il ne voyait plus de sa femme que cette obsédante boule de chair pendant à sa joue comme un bijou de peau.

« Marie, au moins, cache-la moi. »

« Marie va te voir le docteur. »

« Marie, fous-y du jus de cantharide ! »

« Marie, tourne z'y un fil autour et serre un peu plus tous les jours ! »

« Marie, et si je te la brûlais au tisonnier ? »

Et Marie de répondre :

« Pepito, tant que je l'aurai, tu n'auras pas de cornes. Si tu me trouves si laide avec elle, t'as plus qu'à bénir le Seigneur ! »

Et Pepito voulait bien louer Dieu un jour, deux jours, d'avoir une femme laide, mais le Bon Dieu n'entrait pas dans son lit tandis que la verrue… Il avait l'impression que dans le noir elle lui chatouillait la joue et le menton, que sa Marie le faisait exprès, bref qu'elle le persécutait. Quand il faisait l'amour, il avait envie de la mordre, de s'en débarrasser d'un coup de dents. Elle lui donnait des cauchemars qu'il vaut mieux ne pas décrire. D'ailleurs, Marie n'avait pas besoin de verrue pour protéger sa vertu. Le reste y suffisait.

Elle gardait donc sa verrue et sa foi. C'était comme on dit un fossile de sacristie. Mais pareils fossiles ont traversé les guerres de Religion, la Réforme, Voltaire, les fusées et les prêtres en civil. Pourquoi une verrue ne traverserait-elle pas toute une vie jusque dans le cercueil ?

Marie gardait donc sa verrue et sa foi, tandis que Pepito la perdait de plus en plus. À force de penser verrue, de ruminer verrue, il en voyait partout, des verrues. Il accusait tout le monde d'être complice avec sa femme et devenait impossible. Si bien qu'un jour, passant devant la boutique du tailleur, il bloqua net sur ses deux pattes. L'homme, derrière sa vitrine, ravaudait un pantalon. Clic et clac et le bouton sautait !

Tous ceux qui rencontrèrent Pepito le soir même témoignèrent qu'il semblait chercher partout un objet perdu. En vérité, il le dit plus tard, il coupait en imaginaire tout ce qui dépassait. La queue du chien, les plumes du coq, la barbe du percepteur et les chaussettes mises à sécher. Il s'entraînait.

Quand il se mit au lit, il glissa ses ciseaux sous l'oreiller et observa le coucher de sa femme : le chapelet, le pot et l'enjambée finale sous l'édredon. Dès qu'elle dormit, l'index raide, il s'entraîna à viser l'objet. Au milieu de la nuit, comme Marie ronflait, il glissa doucement la main le long de l'oreiller jusqu'à trouver cet appendice mou, puis sûr de son coup, clac !

Un hurlement. La lumière. Pepito serait entre ses doigts non la verrue mais un grand bout d'oreille. Marie, telle saint Georges, se dressa debout sur le lit et se mit à cogner sur Pepito à grands coups de réveille-matin.

Depuis cette nuit mémorable, elle joue le martyre et pour dormir, se barricade dans la buanderie qu'elle s'est aménagée en fortin inviolable.

La petite-nièce a été étonnée de ne recevoir pour son anniversaire qu'une seule boucle d'oreilles. Une qui ressemblait bougrement à la paire de sa tante.

II

Le centenaire

DES VIEUX, IL EN EST DE TOUS. Certains, on les voit vieillir et ils se voient vieillir. D'autres restent le portrait de ce qu'ils furent enfants. On les croit retombés en enfance, mais comment retomber dans ce que jamais on n'a quitté ? Il en est aussi des processionnaires, comme les chenilles du même nom. Ils se réfugient contre la mort en se répétant indéfiniment, en faisant toujours la même chose au même moment de la journée en mangeant le même plat, lisant le même journal. En secret, le soir, ils se couchent en s'inventant dans la même histoire. Par exemple, celle qu'ils n'ont jamais osé tenter avec une fille quand il en était encore temps. Il y avait tous ces vieux-là et il y avait Septime Broucaret, le seul original de son village. Le seul dont l'obsession était rien que moins de devenir centenaire.

Pour la plupart, quand le chiffre de l'âge prend une unité de plus, c'est une fierté. Pour Septime c'était l'inverse. Il comptait le nombre d'ajouts qu'il lui faudrait encore jusqu'à ses cent ans. Et plus allait son temps, plus il cherchait le moyen de l'atteindre, son double zéro, son âge à trois chiffres. Ses cent bâtons tant espérés.

Or c'était si simple qu'il se trouva un soir subitement idiot de ne pas l'avoir trouvé. Il lui suffirait de fêter officiellement ses cent ans à un âge plus raisonnable. Quatre-vingt-dix ans par exemple serait encore un chiffre de sécurité.

À quatre-vingt-neuf, il commença à tâter le terrain. Or, dans le village on l'aimait bien. Il ne s'était jamais fait d'ennemis inutiles. Et on considéra sa proposition au maire comme une fantaisie due justement à l'âge où l'on ne réfléchit que de travers, comme les crabes. Le conseil municipal réuni en session extraordinaire décida à l'unanimité que Broucaret fêterait à quatre-vingt-dix ans son centenaire. Il y aurait fête avec un bon gueuleton, et dans ce registre de la bouffe, mieux vaut un tiens que deux tu l'auras. L'opposition se manifesta mais fut vite réduite au silence. Il y avait les vieux jaloux, quelques femmes réactionnaires, l'instituteur qui lisait trop Kafka. Mais en définitive la principale victime fut Septime Broucaret lui-même, que l'angoisse tenailla de plus belle de ne pas tenir le coup durant l'année qui le séparait de ces quatre-vingt-dix ans où il devait faire ses cent. Il se trouva quantité de maladies imaginaires, maladies bobos dont il était bien sûr indemne. Elles guérirent pour faire place aux suivantes, histoire de gagner du temps.

Comme j'étais médecin, je pensai que la meilleure façon de le guérir serait encore de croire qu'il était réellement malade et de lui faire peur. Sa joie serait si grande d'avoir guéri qu'il ne rechuterait pas. Je fis semblant de l'ausculter plus que d'habitude et lui demandai de se déshabiller, ce qu'il refusa tout net. Je pensais qu'il s'agissait de pudibonderie. Il ne devait pas vouloir montrer un corps en ruine. Il me téléphona le jour même :

« Vous êtes sûr que je suis malade ?

– Je le pense.

– Alors venez demain matin avant que je me lève. »

Ce qui fut dit fut fait. La porte de Septime était restée ouverte à mon intention et je le trouvai au lit, la couverture sous le menton. Je la rabattis et me trouvai devant le spectacle d'un canard mis à rôtir. De ceux qu'on larde au préalable pour y mettre les gousses d'ail. Le corps de septime ou du moins son dos était couvert de ces cicatrices. Je ne sus résister à lui demander une explication. Après une longue hésitation il m'avoua :

« Ce sont des coups de lance.

– En Afrique ?

– Non. En Belgique.

– Soyons sérieux, Septime, il y a belle lurette que les guerres ne se font plus avec des lances !

– Vous vous trompez, mon jeune ami. Je fus dans la cavalerie montée des Uhlans.

– Je veux bien le croire, mais les autres ?

– Les autres étaient aussi des Uhlans.

– Mais vous devriez être cent fois mort.

– Mort, docteur ? Et l'honneur ? Dès que l'ennemi tombait de son cheval, on le piquetait pour le mettre hors de combat, mais jamais on ne se serait tués entre uhlans. L'honneur du lancier ! »

Le jour de ses quatre-vingt-dix ans j'ai été invité comme tout le village à fêter son centenaire. Comme on n'en avait encore jamais eu, on a fait les choses dans les règles. Et on a bien fait. Pour ses cent ans, les vrais, Septime n'en aurait pas profité. Il ne savait plus compter jusqu'à cent ne savait plus la date et on le retrouvait couché à l'envers. C'est ainsi qu'on l'a trouvé mort, mais personne n'a fait de réflexion sur ses petites cicatrices car son fameux secret, évidemment, tout le monde le connaissait.

III

Sainte Vierge du cyanure

DES IVROGNES, IL EN EST DE TOUS. Des brutes subites qui vous tabassent et une heure après vous demandent pardon à deux genoux, des désespérés de la vie, des intellectuels à court d'idée qui réfléchissent au fond d'un verre de whisky.

Louis n'était aucun de ceux-là. Il avait simplement besoin d'un coup de starter pour se rendre à l'usine et lui donner sa tête et ses bras, puis il s'arrêterait au bistrot pour prendre son pousse-boulot avec des copains de fortune et mieux oublier que pendant huit heures ils avaient cessé d'exister.

Et de retour chez eux, leur femme trinquait. Ils ne décoléraient pas plus qu'ils ne dessoûlaient malgré les engueulades conjugales, les gentillesses et le refus de partager le lit. Bref, Louis trouvait toujours des raisons de boire et brandissait la liberté des enfants de Dieu. Après tout, l'argent qu'il venait de gagner, il pouvait en faire ce qu'il voulait !

Jusqu'au jour où sa femme fut à bout. Il lui fallait inventer une arme absolue et rien ne venait. La seule solution aurait été de tuer bonhomme mais elle l'aimait encore un peu et la prison qui aurait suivi lui faisait froid dans le dos.

Elle décida d'aller frapper à la porte des situations désespérées : celle du ciel. Elle irait donc à Lourdes avec des copines, ferait à la Vierge toutes les dévotions, boirait un litre d'eau de la grotte, se laisserait bénir sous toutes les coutures et se confesserait. C'est là qu'on verrait bien si Marie se fichait des pauvres ou les prenait au sérieux. Elle attendait un miracle et le miracle vint, dans le confessionnal, un vrai miracle comme toujours subit, inattendu, évident.

Ce miracle c'était par terre le signe que lui faisait un insignifiant papier d'alu qui contenait un reste de poudre de chocolat. Or, à l'usine du mari on fabriquait un dérivé du cyanure, poudre pas très sympathique et sans goût avec laquelle il vaut mieux ne pas se rincer la dalle et même pas les dents.

De retour de ses dévotions, elle vola à l'usine une bonne dose de poudre magique, l'enferma dans le papier d'aluminium, et comme une médaille pieuse l'attacha par une ficelle dans la tiédeur de son soutien-gorge. Le soir même, Louis, comme d'habitude, rentrait éméché. Jeanne attendit la fin du repas, sortit le sachet d'entre deux seins et dit :

« Regarde, mon Louis, regarde bien. Tu vois ce petit paquet ? Le papier vient de Lourdes. De la grotte. Dedans, c'est du cyanure béni. Tu connais le cyanure. La prochaine fois que tu reviens de l'usine dans l'état où tu es aujourd'hui, je le mets dans ta soupe.

– Recommence pas avec tes salades. Lourdes, je n'y crois plus.

– Mais le cyanure, tu connais. Si tu veux on le met dans l'eau des poules. Elles vont toutes crever. C'est ce qui va t'arriver la prochaine fois que…

– Tu rigoles, Jeanne ?

– Tu sais ce qui est arrivé à ton copain Fernand ?

– On dit que sa femme l'a…

– … empoisonné ? Avec mon boulot de femme de ménage, j'irai vivre chez ma mère et on s'en sortira.

– Tu me ferais ça, Jeanne ? »

Elle arbora un large sourire

« Je me sens déjà veuve. »

Et du coup, Louis s'arrêta de boire. Jeanne revint à Lourdes. Trop pauvre pour une belle offrande à La Vierge, elle déposa à ses pieds un petit sachet d'aluminium dont on ne sait trop s'il était vide ou plein.

IV

Chien pendu sans culotte

L'HOMME ÂGÉ QUI ENTRETENAIT notre jardin était un ancien déporté. Il s'était fait prendre au piège en redescendant des crêtes-frontières espagnoles où il avait déposé des fuyards du régime nazi. Ce fut un des rares à avoir survécu à un an de Buchenwald dans des conditions atroces et même aux routes de la mort de l'évacuation, cette marche interminable dont il était sorti sain et sauf bien qu'on lui eût volé sa couverture.

De cette année terrible, il avait gardé quelques troubles. Entre autres des cauchemars nocturnes dont il se réveillait en se croyant toujours là-bas, sur son grabat des camps. Ces cauchemars cessèrent du jour où il découvrit lui-même sa propre psychothérapie : enfouir sous son oreiller avant de s'endormir un simple croûton. Dès que le cauchemar l'éveillait, il y glissait la main et retrouvait le morceau de pain. Preuve qu'il n'était plus au camp mais bien chez lui.

Par contre, ayant été tellement maltraité par des capos, il ne pouvait plus supporter l'autorité d'un homme, donc la mienne. À la fin, toute initiative de ma part dans « son » jardin passait pour une agression. Si je m'avisais de planter des fleurs, je le surprenais à uriner sur mes plants matin et soir pour les faire crever. Si c'était un arbuste, il le déterrerait en cachette pour en couper les racines. Il piochait aussi dans ma réserve de bois pour en alimenter le restaurant « Au feu de bois » où il avait pris pension. L'ayant vu un jour faire ce transport (il avait caché sous son vaste tablier une grosse bûche), je l'interpellais. Il se retourna vivement et la bûche tomba sur son pied. Je fis semblant de n'avoir rien vu tandis qu'il repartait en sautillant.

Comme malgré tout je l'aimais bien, cela finit en jeu du chat et de la souris, et nos rapports tournèrent souvent au comique.

Son plus beau gag involontaire fut le suivant : il avait enfermé mon chien, un gros Patou des Pyrénées, dans une grange, et l'avait attaché à une corde. Le chien avait réussi à accéder à une fenêtre d'où il se jeta vers le sol, mais son intelligence médiocre et sa corde avaient calculé trop court. Et le voilà qui gigotait, pendu par son collier le long du mur sans que ses pattes ne touchent terre.

Le jardinier posait culotte un peu plus loin en pleine nature. Encore une habitude des camps. Dans un cabinet il se sentait emprisonné. Voilà donc notre homme accouru au secours du chien en retenant à deux mains son pantalon. Mais quand il soulevait le chien pour lui éviter de mourir étranglé, il fallait bien qu'il laisse tomber le pantalon et qu'il montre avec honte « sa nature » si j'ose dire. Il remontait donc le pantalon à deux mains et relâchait le chien qui s'étranglait à nouveau et ainsi de suite. Un drame pathétique sans solution.

En les entendant hurler, tantôt l'un tantôt l'autre, j'arrivai à la rescousse. Sitôt la corde coupée, le chien s'enfuit d'un côté et le jardinier de l'autre. Si le rire ne m'a pas étranglé ce jour-là, c'est que j'ai le cuir dur…

V

Des palombes au sans plomb

CETTE LEÇON DE FÉMINISME, bien avant les grands mouvements du même nom, me fut racontée par une femme – une vieille bien sûr – qui prétendait y avoir participé.

Donc, l'action se passe à Melles, dernière commune avant la frontière de la petite Espagne du Val d'Aran. Quand les vols de palombes passaient à portée de fusil du col d'Artigascou, tous les mâles du village y montaient avec leurs munitions : gourdes de vin, jambons et pâtés et, en bandoulière, fusils et cartouches à plombs. On entendait depuis le village la pétarade des tirs. Le soir, les chasseurs redescendaient, leurs gibecières gonflées de palombes et tout le monde était content.

Cela dura jusqu'au jour où une femme plus futée que les autres remarqua un phénomène étrange. Les simples coups de fusils devaient créer chez les pauvres bêtes une syncope mortelle car il n'y avait pas dans le corps des volatiles le moindre grain de plomb. Elle fit part de son trouble à ses commères. La futée étant une virtuose sur l'oreiller ne mit pas longtemps à confesser son homme.

Et voici ce qu'elle apprit : les vaillants chasseurs, une fois au col, désignaient l'un d'eux pour s'installer dans une cabane. Là, toute la journée, il se mettait à tirer sur des palombes imaginaires pendant que le reste de la troupe redescendait de l'autre côté du col où les attendait dans une auberge une daube de sanglier servie par des filles particulièrement accueillantes. La chair et la chère s'associaient pour le bonheur de tous jusqu'à ce qu'à la brune on remonte tout gaillard vers le col dans la joie (qu'on me pardonne) d'avoir « couillonné » sa légitime en particulier et l'ensemble des femmes du village en général.

Mais les palombes, direz-vous ? Elles avaient été chassées à l'appeau et au filet par l'hôtelier qui les échangeait avec les soi-disant tireurs de Melles contre ces amples provisions de leurs femmes, celles qu'ils avaient été censés manger avec délices en tirant la palombe. On y ajoutait quelques espèces sonnantes pour les filles et le projet génial et démoniaque n'avait jamais été éventé sauf... sauf justement cette nuit-là sur l'oreiller.

La même femme futée fut désignée le jour du passage des palombes pour espionner à distance les chasseurs et voir si son mari avait dit vrai ou s'il ne s'agissait que d'une « galéjade ». Elle ne trouva sur le col que pelouses vides et une seule cabane d'où s'échappait un brin de fumée. Le faux tireur désigné avait abandonné son fusil de sentinelle devant la porte. Doucement, doucement, elle le rafla et redescendit au village avec son trophée.

De ce temps à l'auberge, on s'inquiétait du mensonge qui s'imposerait pour expliquer que, sur le col, personne n'ait entendu le moindre coup de feu. Après tout, comme il y a des nuits sans amour il y a des jours sans palombes. À l'auberge, on se dit que le chasseur préposé du col avait dû s'endormir ou boire un coup de trop. En réalité le pauvre garçon avait passé sa journée à chercher son fusil mystérieusement volatilisé.

Redescendu au village, le premier chasseur fort surpris ne trouva pas sa femme à la maison et dans la cheminée ne fumait pas le moindre tison.

« Marie ! Marie ! Où es-tu, Marie ? Tu n'as pas mis la soupe à cuire ? »

Eh non, Marie n'avait même pas mis le couvert. Il se rendit chez le voisin :

« Tu n'aurais pas vu ma Marie ?

– Et toi ma Joséphine ?

– Et toi ma Pauline ? »

Et ainsi de suite jusqu'au bout du village. Il fallut se rendre à l'évidence. Melles était subitement devenu un village sans femmes. Un drame avait dû se dérouler pendant l'absence des mâles. L'ours ? Il lui aurait fallu un féroce appétit. Un enlèvement par la jeunesse espagnole de Canejan ? Mais ils auraient au moins laissé les vieilles au rebut. On dépêcha quelqu'un dare-dare afin de chercher du secours au village voisin.

Dès les premières maisons, l'éclaireur entendit des cris et des rires de joie. Et que vit-il par la fenêtre ? Elles étaient toutes là, les garces, à l'Hôtel des Deux Nations, attablées et festoyant, autour d'un trophée qui trônait sur la table : le fusil ! Les femmes regardèrent débarquer l'émissaire avec un tel naturel que le bonhomme en resta le bec clos et ne demanda pas son reste.

Il remonta à Melles pour annoncer la stupéfiante nouvelle aux célibataires d'une nuit, et pas un n'osa descendre récupérer sa femme. Ils savaient les mots doux qui les attendraient.

Depuis ce jour mémorable, toutes les palombes tirées au col d'Artigascou ont du plomb dans l'aile.

Cinquième partie
MÉMOIRES DE GUERRE

I

Le petit soldat

ICI COMME AILLEURS les temps de la guerre et surtout de l'occupation allemande ont été enfouis, mais sous les verrous de la mémoire bien des secrets pèsent encore bon poids. À la guerre, tout le monde y va, alors que rejoindre la résistance ou la collaboration avec l'ennemi n'étaient que choix personnels. Chacun se poussait aux limites de ses intérêts ou à celles de son courage. Certains traîtres étaient de vrais fous, pires pour leurs concitoyens que les nazis eux-mêmes. D'autres pensaient qu'après une guerre perdue, il s'agissait avant tout de limiter les dégâts. Ils soutenaient le maréchal Pétain, sauveur de la France. Quelques rares hommes et femmes refusèrent dès la défaite notre anéantissement. Qui aurait pu penser, devant le déferlement d'une armée d'élite fanatisée aussi puissante que celle du Reich, que ces premiers résistants, considérés comme des affolés, en seraient les futurs vainqueurs ?

Dans ce pays de Comminges, il y avait de tout. Des dénonciateurs et des passeurs, des résistants de la première ou de la dernière heure, des trafiquants du marché noir qui faisaient du fric et des étudiants cachés dans leurs cabanes de montagne pour attendre d'improbables parachutages d'armes. Ceux-là au moins ne partaient pas travailler en Allemagne.

Les familles étaient divisées. La peur et la défiance s'imposaient. Les blessures enfouies de ce passé très trouble restèrent profondes. Comment, des années après, faire parler les gens, déballer des secrets, et qu'en faire ?

Je me souviens de ce Basile auquel on ne donnait plus d'âge tellement il était triste. Triste mais pas dépressif. On pourrait dire malheureusement pas. La dépression se soigne, la tristesse se perpétue quand pèse derrière la porte un secret qui ne veut pas sortir et ne sortira jamais. On avait fini par trouver tellement naturel l'état de cet homme, que si l'on l'avait vu rire, on l'aurait cru devenu subitement fou.

Avec cette gueule sinistre, bien sûr, ni femme ni petite amie. On se demandait même si c'est vers elles que ses désirs le poussaient ou vers les hommes ou pourquoi pas vers les gosses ? Mais il laissait tout le monde tranquille. Il finissait par n'être que Basile, un point c'est tout.

Quand on osait monter chez lui, il ne vous recevait pas mal, vous offrait le café mais semblait toujours ailleurs. Ailleurs que ses ruches et quelques bestioles dans un vieux pigeonnier qu'il avait lui-même retapé.

Mais il y avait « l'autre chose ». L'homme prenait tous les jours un chemin de ronces, de ceux qui ne mènent plus nulle part depuis des générations. Au bout, l'eau jaillissait dans une faille profonde, une eau qui semblait pressée d'en finir avec la terre.

Ce Basile me faisait monter assez souvent dans sa masure pour se plaindre de maux imaginaires. Je pensais que la raison essentielle était qu'il ne me payait qu'avec une feuille de l'AMG, l'assistance médicale gratuite. Explication simpliste dont je savais qu'elle était fausse, mais mieux vaut une mauvaise explication d'un mystère qu'une question lancinante sans réponse. D'ailleurs je n'avais aucune illusion à me faire sur sa maladie et sur mes succès thérapeutiques. Un jour que Basile était « de source » l'envie me vint de fouiller dans son armoire aux médicaments. Elle en était pleine. Une vraie pharmacie et une bibliothèque de mes prescriptions. Le lui faire remarquer n'aurait servi à rien et nous avons continué comme ça.

Nous faisions un drôle de couple, Basile et moi, symboles de l'inutilité partagée, mais on nous critiquait dur au village. Je dépensais, nous dépensions en pure perte les deniers publics.

Or tous se trompaient. Moi en particulier. Je soignais Basile à mon corps défendant en le laissant à son silence et en l'aidant à être un malade. Sans m'en douter, je creusais dans sa maladie honteuse, celle dont jamais il ne se plaindrait.

Mais vint un premier jour. Cette fois-là, Basile m'attendait devant sa porte avec son bâton de marche, son fusil en bandoulière, et cette phrase inquiétante et longtemps ruminée :

« Cette fois, on y va. »

Un autre aurait pris peur. Pas moi. Je connaissais assez le bonhomme pour savoir que fusil ou pas, je ne risquais rien. C'était un triste doux et pacifique. Il marchait lentement, rallumant sa cigarette à tous les tournants du sentier, et se dirigeait à contre-pente vers le trou et sa source. Arrivé là, il s'assit et ne dit mot. Il finit par jeter un caillou dans l'eau et me fit signe de faire demi-tour. Cette fois, j'avais vraiment peur qu'il me tire un coup de fusil dans le dos, tant son visage était pitoyable. Je revins seul au village et le même manège se renouvela la semaine suivante, et encore plusieurs fois que je n'ai pas comptées.

Je ne sais ce que j'aurais donné pour en finir. Mais le jour où tout s'est terminé, je ne sais ce que j'aurais donné pour ne rien savoir.

Le petit soldat

La dernière fois, Basile me fit asseoir :

« Voilà comment ça s'est passé : la guerre, elle était finie. Les Allemands étaient planqués dans la vallée, pour surveiller la frontière et empêcher les juifs de passer en Espagne. Il y avait des braves types mais aussi les jeunes sans pitié des jeunesses hitlériennes. Quand je l'ai vu, cet Allemand qui buvait à ma source, je suis rentré à la maison et j'ai pris le fusil. Quand je suis remonté, le soldat était toujours là. Un tout jeune qui ne m'a pas entendu venir. Je ne l'avais jamais vu mais à dix mètres, je lui ai tiré une chevrotine dans le dos. Il est tombé à la renverse et le ruisseau s'est mis au rouge. L'autre regardait vers le ciel avec des yeux déjà vides. Ce n'est pas beau un mort qu'on vient de tuer. Alors, quand c'est pour rien… Juste parce qu'on a entendu qu'à la guerre on tire sur l'ennemi et que c'est bien ainsi.

– Je comprends, Basile, je comprends tout.

– Rien. Rien compris. Quand je l'ai tiré, cet Allemand, je venais tout juste de faire mes dix ans ! »

Je n'ai pas pu retenir mon cri. Basile a jeté son fusil, il a éclaté en sanglots et il est revenu chez lui à la course. Personne à part nous deux n'a su le premier ni le dernier mot de l'histoire.

Il ne m'a jamais plus appelé chez lui et peu à peu on l'a vu sourire.

II

Sept croix dans la clairière

Il a décollé d'Algérie dans la nuit du 13 au 14 juillet 1944, l'officier pilote Leslie Arthur Peers, as de l'aviation, avec un équipage de six Anglais. L'avion est un Halifax chargé de containers d'explosifs et d'armes légères que les maquis du Nistos attendent avec impatience. Mission : les larguer sur des espaces convenus avec la Résistance. Puis continuer vers l'Angleterre. Mais il ne faut pas que les containers tombent n'importe où dans des arbres ou des ravins inaccessibles, pour qu'on puisse les récupérer avant les Allemands..

Quand il arrive sur la zone, tout est dans le coton. Impossible de repérer les lieux à travers ces nuages. Ce serait au petit bonheur la chance. Il faut, pour voir les signaux convenus, descendre très bas, au-dessous des brumes. Mais l'avion passe trop vite. On n'y voit rien. Il faut descendre, de plus en plus bas, pour faire un autre passage. Et cette fois l'opération ne marche pas trop mal. Les maquis ramasseront et cacheront les armes avant que les Allemands n'aient repéré les lieux de largage.

Un dernier coup de manche à balai pour redresser l'avion et sauter par-dessus le mont de Dauly et ce sera le ciel libre et l'Angleterre. Mais il va lui manquer vingt mètres. Il lui manquera toujours ces vingt mètres. Une aile accroche la cime d'un sapin. Elle se brise et le Halifax plonge sur une petite clairière loin de tout. Sept corps dispersés, des moteurs en feu sur les rochers, une explosion, puis le silence. Les maquis d'en bas et les gens de Nistos ont entendu mais dans les brumes, ils n'ont rien vu. L'histoire vient de passer à l'aveuglette.

Dès l'aube, on envoie du monde repérer le point d'impact mais on ne trouve rien. À croire que le Halifax s'est volatilisé. On n'avait pas cherché sur le bon versant. C'est un enfant qui va trouver les débris et les corps en cherchant des champignons. Des corps explosés et démembrés au milieu de babioles et de souvenirs d'Algérie. Il court à toutes jambes vers le village.

Les gens alertent aussitôt ceux du maquis de la 3201 compagnie FTPF. Il faut faire vite pour enterrer clandestinement Peers et ses hommes et retrouver leurs papiers d'identification militaire pour savoir ensuite qui est où. Chaque tumulus est simplement entouré de pierres.

C'est fini ? Non. On savait pourquoi ceux-là avaient donné leur vie. Le nom de frères d'armes n'était pas de trop. Mais ces frères d'outre-Atlantique étaient enfouis sous des pierrailles tandis que les soldats de l'ombre, les Français, continuaient leur vie. Ils fêteraient la victoire pour tous.

Cinquante années vont passer tandis que monte un sentiment coupable. Que penseront les familles de ces jeunes si elles viennent ici ? Quelle image gardera une mère de cette bosse de terre surmontée d'une croix pourrie au milieu des broussailles ? Peut-on compter sur les autorités officielles ? Mais lesquelles ? Alors, en 1994, on reprend avec pelles pioches et truelles le chemin du bois. Une vingtaine de voyages de bénévoles et ILS auront de vraies tombes dans un vrai cimetière d'une vraie clairière où règne une ambiance étrange, presque romantique. On aura construit, adossé à un rocher, un refuge de planches pour protéger ceux qui viendraient rendre hommage. On y laisse un crayon et un registre dans un sac-poubelle accroché à un clou pour y écrire quelques mots à leur mémoire. Des mots d'enfants et de grands professeurs se suivent sur le papier d'écolier. Et il y aura de tout, y compris des poèmes.

La famille de Leslie Arthur Peers a su en 1998 que le fils disparu ne l'était pas tout à fait, qu'il avait sa tombe dans une forêt française sous le mont Dolly, et elle viendra s'y recueillir.

Un hiver de neige aura raison de la cabane. On l'a remplacée au même emplacement par la même en dur.

Il est certains lieux où l'on n'a même pas besoin de savoir qu'ils sont chargés d'histoire pour y ressentir une présence étrange. C'est le cas de ce cimetière perdu au fond du bois. Mais pourquoi gâcher cette simplicité, je dirais même cette pureté à grand renfort de plaques commémoratives officielles indiquant que tel ou tel notable est passé par là ? Pire encore, quand vous ouvrez la porte qu'est-ce qui saute aux yeux ? Des justifications comptables de factures du financement de ceci et de cela.

Ces sept aviateurs ont donné leur vie et ils n'en avaient pas d'autre. Leur en a-t-on fait un acquit de cette vie sur papier à en-tête ? Faut-il toujours que des officiels qui n'ont rien eu à voir avec l'événement et n'ont fait d'autre que donner l'argent des autres, parasitent des lieux émouvants et simples ? N'aurait-il pas été plus normal de nous dire deux mots de ces six Anglais et de ce Canadien dont les corps mutilés sont sous cette terre ?

Sonne beaucoup plus juste ce poème qui ouvre le livre d'or :

*

« Bénis ceux qui sont morts simplement en victimes
Et n'ayant de la guerre éprouvé que l'horreur
Bénis ceux qui sont morts sans nourrir en leur cœur
La haine et tous ses maux, la gloire et tous ses crimes.

Bénis ceux qui sont morts pour servir et défendre
Des honneurs et des biens dont ils n'ont point leur part
Bénis ceux qui se sont donnés sans rien attendre
De leur postérité, de l'histoire et de l'art.

Georges Pioch. »

Et puis il y a cela : la fiancée d'un des garçons a dû enlever son collier. Elle l'a accroché à sa croix. Cela fait des années que je le retrouve là de plus en plus délavé et perdant ses pierres et ses perles.

III

Honneur pour honneur

ACTE 1.

Ils avaient passé la nuit dans la cave de Sylvain, elle et les deux enfants. À peine entrés elle leur avait arraché leurs étoiles jaunes. Elle leur avait fait choisir des prénoms quelconques à la place de David et Debora. Ils avaient dû les répéter tout haut, puis :

« Si nous sommes arrêtés vous m'appellerez Lucia. Dites encore : "maman s'appelle Lucia". »

Le lendemain serait la fin du cauchemar ou le début du pire. Ils passeraient là-haut la frontière d'Espagne. Leur passeur, c'était ce Sylvain, un vieux qui les attendait à la descente du train. Le Sylvain, ils l'avaient reconnu à son béret de berger, qu'il devait porter tout de travers. Mais tous ceux qui attendaient sur le quai avaient un béret. Seul le berger faisait tourner le sien ostensiblement sur sa tête. La femme s'était avancée :

« Je suis…

– Taisez-vous. Il faut me suivre de loin.

– Pourquoi ?

– Pas la peine de se faire prendre ensemble. »

Elle avait marché sans un mot, en faisant son possible pour traîner ses gosses. Mais si demain dans la montagne les enfants ne pouvaient aller à cette allure ? Eux, depuis le début, ne comprenaient qu'une chose : leur mère avait peur. Mais de quoi ?

Le vieux au béret avait aussitôt enfermé son monde dans cette cave qui sentait mauvais. Et si c'était un piège pour les livrer aux nazis du coin ? Si tous avaient menti dès le début ? Mais ce Sylvain avait un sourire triste. Cette tristesse-là était rassurante.

« Vous n'avez pas de femme ?

– Non. Ils me l'ont tuée.

– Pardon. »

Elle ne savait comment rattraper ses soupçons.

La nuit s'écoula, interminable. Ils n'avaient pas de montre mais entendaient heureusement là-haut sonner une vieille pendule de ferme. On les avait réveillés avant l'aube pour leur faire boire du lait frais. Le premier depuis si longtemps Les étoiles n'étaient pas encore à bout de souffle.

Debora ne voulait plus partir. Elle disait qu'elle était bien ici et que la montagne lui faisait peur. Elle avait faim de chocolat, comme à la maison. Mais bien sûr ! Elle allait en avoir en Espagne !

Le jour faisait à peine des ombres quand ils ont commencé à monter vers Baren. Un homme sort d'un cabanon :

« Personne n'est passé.

– Bon. On y va.

– Bonne chance. »

Un calvaire silencieux commence. Les gosses pleurent. Leurs chaussures de ville leur font mal et ils grelottent de froid et de peur. Maintenant, c'est grand jour. On a trop traîné mais il faut y aller. On voit déjà la cabane forestière, à un petit quart d'heure. Puis il faudra traverser une longue pente de genêts à découvert. Un tireur embusqué ne peut manquer sa cible. Il faudra bientôt courir et déjà on n'en peut plus.

Sylvain, d'un coup de pied ouvre la cabane. Deux Allemands les attendent, la mitraillette pointée. Sylvain crie :

« Au col ! »

La femme a compris. Elle essaye de fuir à travers les genêts mais c'est pitoyable. Les enfants hurlent et tombent tous les deux pas. Sylvain crie :

« Les arbres ! »

Il reçoit un coup de crosse et sa tête tourne. Pas assez pour ignorer la suite. L'un des soldats a pris les trois en joue mais l'officier saisit le canon et la rafale crible le sol. Les fugitifs montent, tombent, montent encore. La femme se retourne avec un geste suppliant vers ses enfants. Aucun doute. L'officier lui a bien fait signe de continuer.

On a attaché les mains du passeur derrière son dos. Il se retourne et regarde l'Allemand droit dans les yeux. L'autre soutient le regard. Sans un mot.

Acte deux

Un an après, au tribunal militaire. Celui de la guerre, celui de la haine qui s'assouvit. Une haine qu'on croit légitime. On juge le même Allemand. C'est vrai qu'il a arrêté du monde, qu'il a envoyé Sylvain en camp de concentration dont il est revenu par miracle, squelettique mais vivant.

Un semblant de jugement. L'officier sait ce qui l'attend. Un premier mur fera l'affaire. Le juge plie déjà ses dossiers.

« Y a-t-il un témoin à décharge ? »

Un cri au fond de la salle :

« Moi ! »

On se retourne, stupéfait. Ça se met à hurler :

« Salaud ! Vendu ! Collabo ! »

Le juge demande le silence, puis :

« D'où sors-tu ?

– De Buchenwald. »

La salle reste houleuse.

« Il ment ! »

Sylvain remonte sa manche sur son tatouage des camps.

« Tu reconnais ce Boche ?

– Si je le reconnais ? C'est lui qui m'a arrêté.

– Et alors ?

– Il a empêché de tirer sur la femme et les deux gosses que je passais.

– Tu es sûr de ce que tu dis ?

– J'y étais. »

Une longue attente puis :

« C'est bon. Témoignage accepté. La sentence est commuée. »

Un seul regard entre Sylvain et l'autre. Le même qu'à la cabane. Et pas un mot.

IV

La mort en ce jardin

NOS VALLÉES DES TRAS LOS MONTES ont vu l'histoire s'imprimer au fer rouge. Nous avons vu passer au pont du Roi les dernières hordes misérables des réfugiés espagnols poursuivies par les franquistes. Certains irrédentistes, sûrs de la victoire finale des troupes alliées, s'installèrent contre la frontière. Pour la victoire ils avaient raison, mais pour la survie du régime de Franco, ils se trompaient lourdement. Les Américains, qui ne sont jamais en reste pour préférer les dictatures stables aux risques d'une démocratie qui prend ses libertés, maintinrent Franco au pouvoir jusqu'à sa mort. Ceci m'aura au moins donné le thème de mon tout premier roman, *La Nuque raide*.

Puis ce fut le retour des déportés, ceux du moins qui avaient eu beaucoup de chance. Mais en quel état physique et mental ! Ils n'aimaient pas parler de leurs souffrances dans les camps car l'impensable ne se raconte pas plus qu'il ne s'écoute.

Par leur connaissance des moindres sentiers des frontières montagneuses et leur courage, des passeurs sauvèrent des familles juives et « d'indésirables » résistants qui ne désespéraient pas de retrouver leur liberté par les armes. Ces passeurs ont payé un lourd tribut, trahis par la lâcheté des Français plus que par la ruse des Allemands. De ces traîtres minables et souvent inconscients, il doit en courir encore quelques-uns dans le pays.

Il y a eu enfin les victimes d'un capitalisme implacable : tous ces mineurs qui pour un salaire de misère quittaient champs et troupeaux pour s'enfoncer dans la gueule empoisonnée des mines de blinde ou de phosphate, sans la moindre protection. Au bout de quelques années, ils mouraient de silicose avec ou sans tuberculose et cancer surajoutés.

L'épisode le plus dramatique, je l'ai connu sur une terrasse avec un de ces malheureux, par un magnifique soir de printemps. On m'avait appelé chez son voisin où il avait été pris d'une toux inextinguible. Le sang jaillissait de ses lèvres sur les massifs. Quelque artère avait dû se rompre dans une des cavernes qui rongeaient son poumon.

Spectacle hallucinant que cette vie qui se déversait sur des fleurs. Rien à faire pour conjurer l'hémoptysie. Que pouvait-on espérer ? Qu'il meure le plus vite possible et lui-même ne le souhaitait-il pas ? Tandis que peu à peu je le sentais s'effondrer dans mes bras, il trouvait encore la force de s'excuser de m'inonder de son sang. Peut-être repassait-il dans sa tête ce qui l'avait mené là ? Une dénonciation misérable, les camps, la famine, la tuberculose. Cette mémoire, comme son sang, ne tarderait pas à s'épuiser dans l'oubli.

L'homme avait-il peur ? Ce n'est pas certain. Il devait ressentir un immense, un incommensurable étonnement. Nous n'avons pas compris ses derniers mots, bredouillés à travers le gargouillis de ses bronches inondées. J'ai senti qu'il était parti quand sa main est tombée de la mienne. Sa femme et désormais sa veuve n'a pas dit mot. Elle s'est contentée de me regarder fixement et j'ai baissé la tête.

Nous étions seuls sur cette terrasse. On ne pouvait rester là, chez des voisins. La rue était vide et ses volets fermés. Aucune aide à espérer. J'ai pris le corps sur mon dos, et j'ai descendu l'escalier, avec ses pieds ballants qui accrochaient les marches et sa tête enveloppée dans une serviette. Nous avons traversé la rue très vite, espérant qu'aucun gosse ne passerait par là.

Il faisait une belle journée. La Garonne coulait sans histoires. Elle ne savait pas qu'elle aussi descendait mourir dans l'océan.

De ces morts atroces j'en ai rencontré bien d'autres, que je n'ai ni le droit ni le courage de raconter ici. Qu'il suffise de me souvenir de ce vieillard mort dans son bain où il faisait couler le robinet d'eau bouillante pour réchauffer l'eau. La chaleur avait provoqué un malaise. Il n'avait pu ni appeler ni échapper à cette eau bouillante qui continua à couler jusqu'à sa mort.

Une autre fois, en mon absence, ma femme elle aussi médecin fut appelée auprès d'une brûlée. Elle tomba sur un tableau incroyable. La moribonde avait glissé sur son feu de cheminée et était restée là jusqu'à ce qu'il s'éteigne. Les voisins l'avaient étendue sur son lit où ses vêtements continuaient lentement à se consumer sans que personne ne pense à les éteindre. Ce que fit ma femme. Elle l'aspergea et lui injecta plusieurs ampoules de morphine. La brûlée avant de rendre l'âme ouvrit les yeux. Son regard laissa deviner l'immense gratitude de s'en aller sans plus souffrir.

À cette époque, les médecins n'étaient pas exempts d'une certaine indifférence devant la douleur physique de leurs patients. Beaucoup quittaient leur malade sans lui faire la piqûre qui, sans précipiter la mort, les soulagerait. Et cela me reste encore incompréhensible.

Sixième partie
PAUVRE MÉDECINE

I

Dire ou ne pas dire ?

DEPUIS DES MOIS elle supportait sa tumeur du sein. Plutôt bien, grâce à l'aide morale de sa fille. Chimio, nausées, amaigrissement, crâne comme un œuf, autant de tourments. Mais elle sentait qu'elle allait guérir, tant elle le voulait de toutes ses forces. Guérir pour le mari, pour sa fille, pour la vie, tout simplement. Tant qu'elle n'avait rien au sein, elle l'avait trouvée plutôt triste et ennuyeuse, cette existence dans des villages. Mais depuis que ce crabe la rongeait, contre lequel il fallait se battre nuit et jour, elle ne s'ennuyait plus. Elle se sentait vivre. Et elle rêvait de revenir à cet avant, à ce jour où le laboratoire lui avait dit d'un air détaché :

« Votre biopsie n'est pas très encourageante mais ces cancers, si ç'en est un, on sait si bien les soigner qu'on en guérit plus souvent qu'on en meurt. »

Cette simple phrase avait tout changé. Certaines en guérissaient, donc elle serait de celles-là. Chacun sait que de la vie on ne guérit que par la mort. On sait aussi que la vieillesse n'arrange rien, qu'elle n'a aucune pitié des corps. Qu'un jour viendra, tôt ou tard, où l'on ne pourra plus faire ce qu'on aimait.

Mais aujourd'hui, après avoir tout subi, tout espéré, elle est étendue devant un homme en blanc qui s'occupe d'elle comme d'un objet et lui explique qu'avec son appareil, il tient entre les mains un des derniers cris de la technologie dont elle va bénéficier pour un contrôle. En passant la tête du scanner sur la peau dans la région du foie, on peut dépister les zones éventuelles d'envahissement du parenchyme. Devant une partie saine, le capteur ne bronche pas mais s'il passe devant une partie atteinte, le vibreur se met à fonctionner. L'homme en blanc parle avec un calme rassurant, proche de l'indifférence.

Elle regarde l'appareil progresser lentement sur son ventre. Plus le temps passe plus elle pense que tout va bien en elle. Bonheur brisé quand soudain deux fois, trois fois, l'appareil chante. Là-dessous une partie du foie s'est infestée, inaccessible à tout traitement. Il faudrait remplacer le foie entier par un greffon. Elle est trop âgée et de toute façon il doit y avoir ailleurs d'autres métastases.

Elle va maigrir. Elle fera des cauchemars. Elle devra mentir aux petits-enfants. « Mais non, c'est rien. On maigrit tous à mon âge. » Jusqu'au moment où ils se douteront de ce qu'on leur cache. Et ce sera le silence entre eux. Un grand non-dit envahira la maison. Les voisins trouveront bientôt des excuses pour ne pas s'arrêter et les amis pour ne plus venir.

Elle n'est désormais qu'une fragile citadelle de sable assiégée par des milliers de crabes. Et elle se met à haïr ce médecin qui aurait pu éteindre son vibreur et se contenter d'un discret signal. Elle n'avait pas besoin de savoir. Elle ne l'avait jamais franchement demandé. Elle aurait pu encore passer des instants d'espoir et de bonheur. Elle sait maintenant qu'elle n'est qu'une morte en sursis, morte dont le seul combat sera de demander à ne plus souffrir.

Cette autre jeune femme avait soigné sa mère jusqu'aux derniers moments avec un dévouement inimaginable. Cette malade, atteinte d'un cancer du sein, quand elle avait senti sa fin proche, avait voulu quitter Bordeaux pour se réfugier dans son village natal comme pour y retrouver une nouvelle naissance. Dans cette maison de campagne, sa mère avait lentement, inexorablement dépéri. Jusqu'à avoir de la peine pour avaler, parler et même simplement se retourner sur le côté pour la toilette. Une maigre poupée de cire. Puis un squelette qui ne vivait plus qu'avec les yeux.

Elle avait choisi le moment où sa fille avait fait un saut à la boulangerie pour cesser de respirer. Et la fille n'avait pas supporté d'être absente pour ce dernier soupir. Aucune raison de se sentir coupable. D'ailleurs, disaient les voisines : « Ne te fais pas ces idées. Ta mère ne s'est même pas sentie partir. »

La fille est restée seule avec ces terribles images. Elle s'est mise à se palper les seins – une obsession – jusqu'à ce qu'elle sente un noyau dur saillir sous la peau, sans la moindre douleur. Elle a couru chez le médecin qui avait soigné sa mère, qui s'est contenté de dire :

« Mais non, mais non, ce n'est pas un cancer. »

Elle n'avait pas osé exiger d'autres explications. Il lui avait remis une lettre pour un spécialiste bordelais. L'enveloppe était cachetée. Inutile de l'ouvrir. Elle savait déjà ce qu'elle contiendrait. Elle allait apprendre comme sa mère qu'elle avait dans un sein une petite boulette de mort.

À Bordeaux, elle avait quitté le train de nuit pour suivre les quais. Tout en marchant, elle réfléchissait : n'était-ce pas plus insupportable de ne rien savoir que de lire la lettre du médecin ? Elle l'a ouverte. On y parlait d'une tumeur du sein gauche qui portait un nom en « ome », comme celui de sa mère. C'était donc bien la même bête qu'elle avait en elle. Le médecin l'avait rassurée en deux mots pour laisser le sale travail de l'informer au spécialiste auquel il l'avait envoyée. Elle savait ce qui l'attendait durant les mois, les années à venir. Dans les moindres détails. Elle ne le supporterait pas. Elle n'était plus de taille à lutter après ce qu'elle avait vu. Seule issue : ne pas attendre cette mort mais se la donner.

Se la donner tant qu'elle en aurait la force. Ce service, elle s'en souvenait, sa mère le lui avait demandé. Mais elle n'avait pas osé transmettre cette demande au jeune médecin, par honte ou par peur qu'il refuse et qu'elle se trouve acculée à faire elle-même le nécessaire. Et puis ce jeune l'aurait à peine écoutée. Il n'expliquait pas aux malades leur état. C'était l'excellent médecin du silence.

Avant de monter sur le parapet, elle a posé la lettre bien en vue sur le trottoir pour qu'on comprenne les raisons de son geste et l'a calée sous son sac à main. Puis elle s'est laissé tomber dans le flot de la Garonne sous les yeux d'une passante effarée.

La lettre a bien été ramassée. Elle disait en termes compliqués que la malade avait une tumeur au nom compliqué. Elle n'aura jamais su que ce nom cachait une tumeur des plus bénignes.

Deux exemples réels, qui interrogent. Doit-on dire au malade ce dont il souffre quand sa maladie est sans espoir de guérison ? À l'inverse, pour les maladies qui se soignent bien, est-il tellement nécessaire de mettre le malade dans la confidence en se lançant dans de longues explications auxquelles ils ne comprendront rien ou de travers ? Les médecins ont seuls les pouvoirs et savoirs nécessaires pour prendre de telles décisions, au cas par cas.

Lisant le premier récit, je soupçonnerais de sadisme inconscient le médecin qui s'est étalé avec complaisance sur un diagnostic terrible. Il y a une certaine jouissance à dominer l'autre en l'angoissant et combien c'est facile quand il s'agit de la vie ou de la mort des autres.

Chez d'autres médecins, rester muets sur leur diagnostic est parfois signe de simple paresse. On se dit qu'on n'a pas le temps. Il est tellement plus facile de penser que le malade ne peut comprendre une explication que de s'y lancer. Et bien souvent, ce silence n'est-il pas un bon moyen de cacher son ignorance ?

II

Les charlatans

ON PEUT TROMPER QUELQU'UN TOUT LE TEMPS,
On peut en tromper quelques-uns quelques temps.
Mais on ne peut tromper tout le monde tout le temps.

*

En vertu de quoi certains médecins pas très recommandables peuvent devenir en toute impunité des charlatans aimés et respectés par leur patient. Et plus énormes seront leurs mensonges, plus ils seront inattaquables.

Il a une autre botte secrète quasi infaillible : il vous dit exactement ce que vous attendiez de lui et vous propose toujours la solution qui vous convient le mieux. La plus facile. S'il s'avère qu'en fin de compte il vous a mis dans de sales draps, vous ne pourrez pas l'en accuser car vous étiez d'accord et ce serait vous condamner vous-même.

Comme il est copain-copain et sûr de lui, il ne peut être que compétent. Le diagnostic du médecin réellement sérieux est semé d'embûches et de contradictions. S'il doute, il doit dire qu'il ne sait pas encore, car en médecine les certitudes n'existent pas. Le corps humain et surtout l'âme humaine sont trop complexes pour trancher.

Ledit charlatan possède enfin ce grand art qui consiste à faire semblant d'avoir des propos rassurants tout en insinuant le doute et l'angoisse. N'a-t-on pas prétendu que la médecine « était l'art de faire du fric avec l'angoisse du monde » ? Plus grande sera cette inquiétude, plus elle justifiera des examens chers et souvent inutiles. Si l'un des résultats est écrit en rouge sur la feuille du laboratoire, le malade ne saura pas cette règle : si l'on est au-dessus ou au-dessous des résultats moyens cela ne veut pas dire qu'on est menacé. Les examens de laboratoire ont une fourchette d'estimation d'erreur normale quel que soit le perfectionnement des machines ou les capacités du laborantin qui les exécutent.

Faute de réelle compétence dont l'entretien lui demanderait de la fatigue ou une demande de conseils risquée auprès de ses confrères, le charlatan qui ne peut compter que sur lui-même va se trouver dans l'obligation de renforcer, pour faire face, sa domination psychologique. Parfois il passera à l'étape suivante : se convaincre lui-même de sa propre science, celle qu'il n'a plus ou n'a jamais eue.

J'ai en poche beaucoup d'histoires de tromperies souvent tragiques parfois succulentes, mais je n'écris pas pour faire croire, loin de là, que tous les soignants sont des escrocs.

Voici simplement deux exemples de tromperies énormes sciemment pratiquées avec succès.

Madame Simone a tenté d'avoir directement un rendez-vous chez le professeur Georges Untel et n'y a pas réussi. Elle va se plaindre à son cher docteur Machin, charlatan de la famille, qui s'esclaffe :

« Mais enfin, pourquoi ne pas être passé par moi ? »

Il décroche aussitôt le téléphone :

« Mademoiselle je suis le docteur Machin, un ami de Georges. Vous me le passez ? Merci. Allô Georges, comment vas-tu depuis notre petite bouffe d'hier soir ? Bien ? Dis-moi, pourrais-tu recevoir une de mes malades, madame Simone, qui n'a pas pu avoir un rendez-vous ? Mardi 11 à 14 heures ? C'est OK. »

Il raccroche.

« Vous voyez. C'est tout simple. Il faut dire que Georges et moi... » et cætera...

Notre Simone se présente à l'heure au rendez-vous pour s'entendre dire par la secrétaire qu'elle n'a rien noté pour ce mardi 11.

« Comment ? Vous vous fichez de moi ? J'étais dans son cabinet quand mon docteur vous a téléphoné. Je ne suis pas folle et lui non plus.

– Désolé, madame, mais ce jour-là j'étais de repos et de toute façon, le docteur est depuis huit jours en congrès à Sofia. Il ne revient qu'à la fin de la semaine prochaine. »

Simone, furieuse, revient voir son cher docteur Machin.

« On voit bien que vous n'êtes pas au courant. Sa secrétaire a un mental perturbé. Elle fait souvent ce genre de connerie et elle l'arrange comme elle peut. »

C'est ainsi que ce cher docteur Jean va pouvoir présenter durant des années à ses malades de vieilles radios miraculeusement sèches. Ce seront toujours les mêmes vieux clichés qu'il présente depuis des années... et qu'il pratique gratuitement car un contrôle de la Sécurité sociale lui serait fatal.

Il placera aussi des stérilets fournis gracieusement et malgré sa grossesse, la femme reviendra s'en faire placer un autre après l'accouchement, nouveau stérilet que le docteur Machin va déclarer plus fiable que le premier qui fut, selon ses dires, rejeté par la matrice et ainsi de suite alors que bien entendu, Machin a fait un simulacre. Les fameux stérilets, il n'a jamais su en placer un.

Le célèbre docteur Knock n'était qu'un enfant de chœur au regard de ce que la médecine actuelle permet à ses charlatans, espèces rares de mystificateurs obéissant d'instinct aux mêmes méthodes de persuasion que les gourous des sectes. L'angoisse du monde devant la maladie, la vieillesse et la mort est incommensurable. La bêtise et la crédulité aussi.

III

Lettres à son cher médecin

IL FUT UN TEMPS où on écrivait à son médecin avec un bon timbre-poste. Pas de mails et au téléphone on était trop intimidé. Par courrier, souvent croustillant, allant de l'engueulade aux propositions directes de ces dames, on informait son médecin de situations souvent pas drôles du tout. Bien sûr je n'ai pas à publier ici ce genre de lettre et ne le ferai pas.

En voici toutefois deux écrites il y a fort longtemps et assez anodines. L'une provient d'un futur gendarme qui tente avec un naturel désarmant – sacrebleu ! – de me corrompre :

*

« Élève gendarme D… G ce 11 octobre 1961
Stage …
Camp de …

Docteur,

Ce n'est peut-être pas réglo ce que je vais vous demander mais j'espère que vous vous mettrez un peu à ma place.

Afin que je puisse venir en permission de trente-six (36) heures voir ma famille, il me faut un certificat médical qu'il y a quelqu'un de malade chez moi.

Comme ma femme est faible encore de l'accouchement, vous pourriez peut-être me faire ce certificat :

“Madame D… est très faible et a les nerfs malades, la présence de son mari lui remonterait le moral.”

Vous pourriez peut-être lui donner un fortifiant, le Melleril, le Bellergal, ce qui correspondrait avec le certificat, et ce médicament servirait pour ma belle-sœur.

Ma femme viendra sûrement mercredi après-midi, mais pour plus de sûreté, je vous joins une enveloppe timbrée car je désirerais venir samedi et il me faudrait le certificat pour vendredi.

Veuillez agréer, Docteur, l'expression de ma considération distinguée.

Élève gendarme D… »

Il m'arrivait aussi de recevoir des missives incompréhensibles, telles celle-ci, mot pour mot, en date du 18 Janvier 1955 :

> « Monsieur et cher docteur,
>
> Je vien pour mon marie qui ne séré pa capable de sespliquet. En vous envollé se petie mot vous saves que au mois de désembre jes envoiller un feuille de maladie qui sarete au 21 desembres et la reponse que vous aviet ses dater du 26 je crois vous mavez die il y a quelque jours de l'envoiller et je les fes partire et mintenent mon marie doit paser une visite médical aujourduie même a 10 heure et depuisque jes en voiller la feuille vous ne nous en aves pa fes une hautre et mon marie laures voulu pour la presenter au contrôle car la derniere foi on lui a reclamer alors cher docteur je conte sur vous pour fere le nésesaire.
>
> Dans la tente (sic !) receves cher docteur nos sentiments les plus devouers.
>
> Madame X »

IV

Couteau futé bien affûté

« VENEZ VITE ! Je viens de faire la grosse bêtise ! »
Elle avait ajouté :

« … et amenez de quoi coudre. »

Elle avait raccroché. Je la connaissais bien, cette Eugénie souvent « éprise » de boisson, comme elle disait. Elle avait dû se blesser. On allait la recoudre à vif. Heureuse époque où l'on ne vous envoyait pas aux urgences de l'hôpital pour quelques malheureux points de suture et on n'appelait pas le SAMU à tout bout de champ, perdant ainsi un temps précieux à l'attendre au lieu d'embarquer l'infarctus dans une voiture et en route !

La maison d'où venait l'appel, je la connaissais bien. Des braves gens logés un peu à l'écart du village dans une maison enfouie sous de vieilles ruches qui sentaient tellement bon la cire d'abeille que j'aimais passer par là. J'entrai.

Le mari était assis, les coudes biens calés sur la table. Il ne bougeait pas et me regardait avec des yeux de toutou grondé. Rien d'anormal si ce n'est qu'un manche de couteau dépassait de sa chemise. Le reste était logé dans le corps.

« Bouge pas, surtout bouge pas, ne cessait de répéter sa femme. Le docteur va te l'enlever. »

Comme elle me l'expliqua plus tard :

« C'est comme le toro de corrida. Quand il a l'épée dans le corps, on fait tourner la bête en rond sur elle-même et dedans ça lui découpe les artères. Alors, faut pas qu'il bouge. »

Puis j'ai eu l'explication :

« Voilà, docteur. On peut vous faire confiance, hein ? Vous le direz à personne, hein ? On s'était un peu disputés tout à l'heure. Moi je lui ai dit : "Roger, si tu continues, je te plante ce couteau dans le dos". Il a continué à me traiter de tout. Mais je vous jure, j'ai vu depuis toute petite comment on saignait le cochon mais jamais j'aurais cru qu'un couteau ça entrait si bien dans un homme. Je voulais juste te piquer pour te faire peur. Tu as sûrement fait un faux mouvement. Tu entends, Roger ? Tu as fait un faux mouvement. Et le couteau est allé profond dans ton mou. Alors j'ai préféré téléphoner au docteur pour l'enlever, des fois que ça se mettrait à saigner…

– Je vais appeler l'ambulance, ai-je proposé.

– Ah que non ! Qu'est ce qu'ils vont penser de nous à l'hôpital ? Et si ça tourne mal ? Tu veux pas que ta femme aille en prison, Roger, juste pour une petite dispute de rien du tout ? Vous voyez, il est d'accord. Vous l'enlevez, ce couteau, et on n'en parle plus. »

Dans le fond, elle avait raison, cette femme de tête. Jamais elle ne pourrait prétendre que Roger s'était planté tout seul un couteau dans le dos. Il ne me restait plus qu'à suivre les conseils d'Eugénie : retirer doucement, doucement la lame.

Des sueurs froides dégoulinaient sur mon front tandis que la femme m'encourageait du coin de l'œil. L'homme ne bronchait pas, se contentant de temps en temps d'un :

« C'est pas bientôt fini ? »

Le couteau reposait enfin sur une serviette pour ne pas tâcher la table.

« Relève-toi doucement, Roger. Tu entends ? Doucement que je te dis ! »

Et l'homme avait obéi. Il tremblotait de peur ou d'émotion mais gardait bonne mine. Enfin il sourit et sa femme en fit autant.

« C'est même pas la peine de lui faire un point.

– Oui, mais il va faire une infection interne. Il vaut mieux l'hospitaliser. Ils le mettront sous couverture antibiotique.

– Antibiotiques ? Ces cochonneries ? Tu en veux toi, Roger, des antibiotiques ? »

Je venais d'assister à un vrai miracle : la lame, logiquement, aurait dû blesser un organe essentiel. Elle était passée à côté de tous. Elle aurait pu au moins sectionner une petite artère avec pour conséquence une hémorragie interne. Elle ne l'avait pas fait. Elle devait normalement déchirer la plèvre pour finir en pneumothorax. Elle ne l'avait pas fait. Ni ce premier jour ni les jours suivants. Rien. Même pas de fièvre.

Comme seul traitement, la femme a forcé l'homme à rester à califourchon sur sa chaise toute une journée. Puis il a repris son travail dans ses ruches.

C'est tout juste si on ne m'a pas regretté mes honoraires puisque je n'avais rien recousu ni donné d'antibiotiques et qu'au fond n'importe qui aurait pu l'enlever, le fameux couteau !

Septième partie

GRAND CHOIX DE MORTS

I

Le crabe

OH ! CE N'ÉTAIT QU'UNE BANALE NOUVELLE : la petite voisine ne sortait plus dans la rue jouer avec son chien. Elle jouerait désormais au lit avec le Crabe. Nuit et jour.

Aux premiers temps, le Crabe la laissait encore dormir. En rêve elle pouvait courir après des ballons, serrer ses poupées contre son cœur et faire une partie de billes avec son toutou.

Une nuit, elle est allée à sa fenêtre pour crier. Elle venait de faire son premier rêve de Crabe.

Heureusement, tout cela n'a pas duré.

II

La falaise

Elle se traînait sur le sentier, passage étroit entre les failles de la falaise d'Espots. Quelques pas puis elle s'arrêtait et reprenait son souffle sur une pierre. Elle n'était pourtant pas âgée et trois ans avant, elle faisait la grimpe avec le mari et ses amis le long de cette verticale du Grand-Dièdre dont le vide de soixante mètres plonge sur un pierrier.

Elle était aussi de ces grimpeurs de l'impossible qui, le dimanche, se donnent rendez-vous avec la mort, de ces araignées téméraires qui balancent au bout d'un piton enfoncé dans une fissure du calcaire. Grimpeurs de l'inutile, escaladeurs de l'impossible, que venaient-ils chercher là ? Un surplus de vie ?

Une corrida sans épée ? La joie de l'enfant qui fait l'énorme bêtise ? En vérité, la falaise était leur église et la grimpe leur sacrement du vide.

C'était il y a longtemps. Presque hier.

Aujourd'hui, la nuit s'avançait et le trait de ses ombres escaladait lentement les parois. Le rocher bientôt se ranimerait, cassé par la lune, blanc comme un miroir de mort.

Anna avait profité de l'absence du mari pour régler les dernières affaires, celles pour lesquelles c'était un incapable. Elle avait écrit une lettre d'encouragement à une cousine lointaine atteinte d'un cancer. Et en dernier, sa propre lettre.

> « Max,
>
> Je suis heureuse que tu sois resté avec les autres chasseurs dans la cabane à Lucien. Cela me donne tout mon temps et la maladie m'a tellement épuisée que j'en aurai besoin pour écrire cette lettre.
>
> Le docteur Michel m'a dit que j'en avais au mieux pour quelques mois. (Il a fallu que j'insiste beaucoup pour qu'il me mette au courant de la vérité.) Quelques semaines encore valide puis ce sera le lit ou la chaise roulante, ce que je ne veux pas t'infliger. Tu ne le supporterais pas.
>
> J'ai eu tout à l'heure une idée idiote : qui désormais sera là à ton réveil pour ton sacro-saint

café au lait ? Même en ce dernier soir, je reste d'une sensibilité insupportable. Le seul grand acte d'affection que je peux pour toi c'est de t'épargner ce que nous avons subi ensemble avec la maladie de ta mère.

Je ne me sens pas la force de t'en dire plus. Je ne suis pas affaiblie par la peur. Je me suis bien préparée pour le départ. Je suis seulement dans la mortelle tristesse de t'abandonner.

Vous me trouverez au pied de la falaise d'Espots, sous le Grand-Dièdre.

Je t'aime. »

*

Elle avait mis sa robe de mariée. Elle s'arrêtait de temps en temps pour la dégager des ronces, effrayée à la pensée que ses forces ne la trahissent et ne la laissent plus monter là-haut. Que ferait-elle alors ?

Elle s'assit à mi-parcours sur une dalle plate, lieu de pique-nique rêvé, et sentit la pierre froide à travers le tissu. Ce froid, elle le détesta, sur cette pierre comme la tombe du bonheur.

Là-haut, les fantômes d'arbres maigres marquaient la crête. En bas, les lueurs des villages connus, et à mi-distance l'entassement des pierres tombées de la falaise. Il n'y aurait pas de souffrance. Et dans la chute rien d'autre que le vide des idées qui prépare celui de la vie. Si elle avait traîné jusqu'ici la moindre pensée, elle se serait mise à réfléchir. Peut-être à espérer. Lâchement.

Il ne fallait pas se pencher sur le vide, mais laisser seulement le temps s'arrêter, comme on s'amuse enfant à poser un doigt sur le balancier de la pendule.

Anna vérifia ses poches. Elles étaient bien vides. Elle retira ses bagues et colliers et les déposa bien en vue.

Elle mit ses mains devant ses yeux et sauta.

III

Mort de rire

S'IL EST UN MÉTIER où l'on peut tout voir, tout côtoyer (y compris les énigmes de crimes parfaits ou de suicides suspects), c'est bien la médecine de montagne où les familles des villages vivaient souvent isolées du reste du monde.

Par une jolie nuit de printemps, je me promène quand une jeune fille court vers moi, tout endimanchée. Elle ne sait plus trop ce qu'elle dit tant elle a dû boire plus que de raison.

« Docteur, je vous cherche. Mon grand-père racontait une histoire marrante.

– Et alors ?

– On s'est tous mis à rire et on ne pouvait plus s'arrêter. On était… morts de rire, quoi.

– Alors ?

– Alors grand-père s'est arrêté de rire.

– Alors ?

– Il ne respire plus. »

Je retrouve la famille au complet. Personne n'a plus le sourire. Le vieux est affalé sur son plat, les coudes écartés. Personne n'a osé y toucher. Je ne pourrai pas le ranimer. Lui est vraiment mort de rire. Les visages restent incrédules.

« Mais faites-le respirer !

– Il riait encore plus fort que nous.

– Je vous dis que votre grand-père a cessé de vivre.

– C'est une belle mort. »

J'avais envie de demander :

« Pour qui ? »

IV

Un matelas en or

IL ARRIVAIT QU'ON INVITE MADELEINE à aller veiller un mourant pour qui la médecine ne pouvait plus rien.

Premier acte

Les adultes de la famille sont là au grand complet et les enfants au lit. Qu'on s'imagine une pièce enfumée par la cheminée. Dehors il neige. Les volets déjà fermés anticipent le deuil. L'habilleuse est déjà là, elle aussi. Une femme experte pour vêtir le corps inerte des morts, ce qui n'est pas si facile à faire proprement. Les vêtements qui le suivront dans la tombe attendent, repassés et pliés, sur un fauteuil.

Imaginez ce vieux, dit Gastounet à cause de sa petite taille, qui traîne sa vie un peu trop longtemps mais qu'y faire ? Patienter. Tandis qu'il descend les derniers degrés du coma, tous sentent leur sommeil monter irrésistiblement. Ma femme, épuisée, demande si on ne pourrait pas, plutôt que de rester tous là, établir un tour de garde. Réponse :

« On ne peut pas laisser quelqu'un mourir seul. »

Belle phrase, et émouvante.

Ma femme part épuisée, abandonnant le Gastounet à ses derniers moments. Tous ont l'air soulagés de son départ.

Deuxième acte

(Tel que nous l'a raconté une commère de la famille un peu trop bavarde.)

« Quand le Gaston s'est arrêté de respirer, au dernier soupir, quoi, les hommes l'ont pris par les pieds et par les bras et ils l'ont posé sur le carrelage du couloir. Les femmes ont enlevé le matelas. Elles ont pris le couteau de chasse pour éventrer le sommier d'un bout à l'autre et elles en ont sorti l'argent du vieux. Il y en avait un sacré paquet depuis le temps qu'il l'économisait ! Mais on savait qu'il était là. Il avait confié le lieu du trésor à un homme de confiance, le Gastounet. Il ne tenait pas à ce que l'État s'en mêle. Bien avant sa mort, les parts de chacun avaient été prévues.

Troisième acte

La distribution faite, on refit le lit. Après avoir habillé l'homme, on lui enroula le chapelet sur le pouce et l'on repartit soulagé – si l'on peut dire – car :

« On ne peut laisser quelqu'un mourir seul… », c'est bien connu !

V

L'art du raccourci

LE 14 À 15 HEURES 32.
Victor Saindoux, sous-comptable du Trésor, à Céline Saindoux son épouse légitime, cette 87e lettre et ultime.

« Céline, mon amour toujours,
comme je te l'ai écrit dans tous mes courriers précédents, et comme tu le savais dès avant notre union, l'à-peu-près et le gaspillage me font horreur. Sache que la justice est la championne de l'à-peu-près et le comble du gaspillage, et que je le proclame ici pour l'ultime fois à la face d'un mur, du monde entier et à la tienne.

Pour le gaspillage, il a fallu qu'ils se mettent à une douzaine et qu'ils perdent près d'un an pour me dire ce vendredi 14, à 15 heures 30, qu'on me couperait la tête lundi vers 8 heures du matin (même pas d'heure précise), soit le lundi 17 si je ne m'abuse. M'avertir un 14 pour un 17 ! Il était grand temps !

Quand je pense qu'on paye ces juges déguisés en pingouins à traîner dans les couloirs, à plaider, à fourrager dans leur code et je ne sais quoi encore, et que c'est nous qui les payons, alors qu'avec la simplicité et la précision que tu me connais, je leur avais dit dès le premier jour que j'avais expédié ta mère de dix-sept coups de couteau !

Crois-tu qu'ils auraient pu se dire à l'économie : "Bon, ça va, affaire suivante." Eh bien non, ma Céline ! Ces fainéants ont prétendu qu'on n'avait retrouvé que seize trous. Huit par-devant et autant par-derrière. Et ils m'ont affirmé ça à moi, un comptable ! À croire que j'étais si ému dans la petite remise aux outils que je ne savais pas compter jusqu'à dix-sept ! Ils voulaient faire traîner, paraître dans les journaux pour leur crime du siècle et je ne sais quelle baliverne. Ah ! si j'en tenais un, je t'assure que je lui apprendrais à compter jusqu'à vingt.

Après, ils m'ont chicané sur les "mobiles", comme ils disent, alors que je leur avais expliqué de long en large que ta mère mangeait mal à table. Pour eux, ce n'était pas convainquant. Il leur fallait chercher ailleurs ! Un viol c'est un mauvais moment, ce n'est pas joli, mais c'est une fois en passant. La mal-mangeaille à table, c'est deux fois par jour. Depuis notre mariage, les lippes essuyées sur le revers de la manche ou le mouchoir aux rhumes, et cela fait au total sept mille trois cents supplices qui tombaient sur mon dessert ! Bien sûr, ils n'ont rien trouvé dans mon passé sauf que j'étais un comptable hors pair et l'époux irréprochable que tu sais. En tant que gendre, d'accord, on pouvait trouver mieux.

Mais je ne veux pas te faire perdre ton temps et encore moins le mien maintenant qu'il s'avance. Ce qui m'inquiète et m'exaspère aujourd'hui, c'est la suite et fin, si j'ose parler comme dans les feuilletons que tu adores. Je voulais savoir ce qu'on ressent exactement juste quand le couperet vient de tomber. Bien entendu, personne ici n'a été capable de me l'expliquer clairement. Ils s'amusent à te condamner sans rien savoir. Quand on t'embauche dans une charcuterie on te dit : vous couperez ceci ou cela, dans l'administration : vous vous reposerez comme ceci ou comme cela. Ici, on te déclare : “Citoyen, désolé on va te couper la tête” et pas la moindre explication. On dirait que la suite les embarrasse !

J'en ai été réduit à faire venir l'aumônier de la prison. Ah, celui-là, je lui ai rivé son clou !

“Ne me faites pas cette tête… qu'il a commencé.

– Mais c'est la mienne mon père !

– C'est ça, mon fils, c'est malheureusement la vôtre. Eh bien votre âme va quitter son enveloppe…”

Il a osé dire enveloppe, cet autre pingouin. Comme si on me mettait à la boîte aux lettres et pas à la guillotine !

Et moi je lui ai dit avec l'à-propos que tu me connais :

“Vous aussi, vous perdez la tête, monsieur l'abbé.”

Tu crois qu'il aurait souri, ce corbeau ! Mais passons.

À la Toussaint, tu fleuriras nos deux tombes, à ta mère et à moi. J'ai été un peu vif avec elle, mais a posteriori je t'assure qu'elle m'a trop longtemps agacé. Et puis elle a toujours voulu te débarrasser de moi. “Eh bien bravo, bonne-maman, c'est pour lundi !”

Tu me feras dire ma messe à moi mais en exclusivité. Je ne suis pas croyant mais on peut faire sa grosse crise au tout dernier moment.

Considère cette ultime-dernière et quatre-vingt-septième lettre comme le testament d'un honnête homme jusqu'à ses derniers instants et d'un comptable qui, s'il a perdu sa signature légale, te signe sa dernière lettre d'amour.

Toujours le même, dans ton attente..

Ton Victor Saindoux qui t'adore. »

VI

Serial killer à l'eucalyptus

On désigne sous le nom d'accident iatrogène toute médication ou toute action prescrite par un médecin qui crée chez ce malade une autre affection liée à cette médication ou cette action. Ceci est très fréquent, beaucoup plus qu'on ne l'imagine.

Je circulais au jardin pour me détendre en ramassant des pissenlits pour le lapin des enfants. Un élevage écologique de compagnie qui m'est bien passé ce jour-là. En ouvrant la cage de l'animal, je le trouvai raide mort. J'allais le jeter à la rivière (un lapin n'est-il pas biodégradable ?) quand je trouvai au petit cadavre une drôle d'odeur pour un lapin. Il puait l'eucalyptus.

Et pourtant, rien dans la cage, rien dans la gueule. D'ailleurs il ne pousse pas d'eucalyptus à vingt lieues à la ronde. Le mystère policier restait entier quand je rentrai à la maison annoncer la triste nouvelle aux enfants. Ils avaient un air bizarre et pas très franc dans leur chagrin, les gosses. Ils plongèrent leur nez dans la soupe quand une fillette se mit à pleurer.

« Qu'est-ce qui se passe ?

– Mais rien, papa.

– Alors pourquoi tu pleures ?

– Mais pour rien ! »

Il m'a fallu attendre plusieurs jours avant que l'un d'eux ne trahisse ce crime, cette « mort sans intention de la donner ».

« Voilà : on voulait jouer au docteur avec le lapin. Mais on ne voulait pas le piquer. Alors on a pris tes suppositoires et chacun à son tour on lui en a enfilé un dans son trou du cul. »

La boîte entière y était passée. Le lapin aussi.

Huitième partie
PETITS ENFANTS DU MONDE

I

Le grand Noël d'Alena

IL ÉTAIT UNE FOIS une petite fille aveugle...
Mon Dieu, allez-vous dire, mais il en est des tas de ces petites filles dans le monde. Et après ?

Cette petite fille habitait dans une petite ville de Tchéquie nommée Kardubitche.

Bon. Va pour ton Kardu machinchouette. Ensuite ?

Elle avait à peine dix ans et elle avait perdu complètement la vue quelques années avant.

Vous allez me dire : bon. Je vois la suite.

Mais elle, elle ne voyait plus. Plus du tout. Ni le noir, ni le bleu, ni les oiseaux, ni même la lumière. Rien.

Difficile à comprendre, ce rien. Rien c'est quoi ? Elle n'est pas drôle, votre histoire...

Tout ce qu'elle voyait autrefois s'était réfugié dans un coin de sa tête. Quand elle se mettait à y penser, elle pouvait imaginer la cage aux pinsons sur sa fenêtre, le chat noir qui griffait, le visage de sa mère, son propre visage. Enfin, ce qu'il était avant qu'elle ne grandisse, car celui qu'elle avait maintenant restait et resterait pour elle toujours le même, alors qu'il allait changer pour tout le monde.

Il y avait aussi dans ses souvenirs un grand-Père Noël. C'est même lui qu'elle avait vu en dernier avant l'accident. Celui-là n'avait pas vieilli. Il ne peut pas vieillir puisqu'il est vieux comme le monde, le Père Noël. Il gardait donc dans la tête d'Alena la même barbe, les mêmes moustaches un peu retroussées, un chapeau avec un pompon qui lui tombait sur l'épaule, un air venu d'ailleurs et des oreilles un peu trop en chou-fleur.

Bon. Grâce à ce vieux bonhomme, on va pouvoir enfin entrer dans l'histoire ?

Patience ! Il y avait donc une fois, dans toutes les écoles de ce pays de Tchéquie, un concours d'illustration d'un conte de Noël d'Yves Heurté, traduit en tchèque. Or, une nuit, voilà la petite fille aveugle qui se met à rêver qu'elle est encore celle d'autrefois, et qu'elle aussi illustre le conte. Rien qu'un rêve fou, bien sûr, mais quand on n'y voit plus il ne reste qu'à rêver ! Même pas la peine d'en parler à ses professeurs ni aux autres élèves aveugles de cette école. Ils allaient se moquer d'elle. Son Père Noël caché dans un coin de sa tête, aucun doute, ne pourrait jamais quitter la cage de cette tête pour faire un concours national !

Mais cette petite fille se dit :

« Je ne vois plus mais j'ai des mains comme tout le monde. Et si je le faisais passer par elles, ce vieux bonhomme ? Et si je demandais à mes doigts de modeler mon Père Noël dans de la glaise ? Je ne verrais pas sa tête, sa barbe, ni ses jambes mais je les sentirais sous mes doigts. Et j'en ai dix, comme tout le monde ! »

Ses outils, elle les chipe à la cuisine : des petites cuillères pour modeler des paupières bien lisses, une fourchette pour tracer les sillons de la barbe. Elle va caresser des petites statues de la salle des professeurs pour savoir « comment ça fait au bout des doigts ». Elle n'arrête pas de tâter son propre nez. C'est difficile de faire un nez ni trop gros ni trop petit et surtout de le mettre en bonne place. Pas derrière la tête. Ni sur le front. Ni dans la hotte avec les cadeaux. Et elle se met à pétrir patiemment en cachette cette grosse boule de terre glaise pour la faire ressembler au bout de ses doigts à ce Père Noël qu'elle a gardé dans sa mémoire.

Quand la fille a tendu à ce médecin français, celui qui avait écrit l'histoire, son bonhomme Noël dans une boîte en carton, – c'était dans sa classe de l'école de Kardubitche devant les copines qui n'en revenaient pas –, il avait les larmes aux yeux comme vous les aurez peut-être en lisant cette histoire. Mais gardez-en quelques-unes pour la suite. Ce sera plus prudent.

Donc, il vient à l'idée de l'écrivain de faire du Père Noël une photo qu'il envoie ici et là sur Internet à des copains en leur racontant l'étrange histoire qu'il vient de vivre avec cette petite Alena aveugle qui faisait des concours d'illustration dans l'école pour les aveugles de Kardubitche. Il s'étonne et reste même déçu que ses copains ne lui répondent pas. Bof, c'est triste mais c'est comme ça. On ne s'étonne plus de rien.

Vous êtes impatient de savoir comment finit cette histoire – car elle est loin d'être finie ? Eh bien voilà.

Quelques jours passent et la petite fille aveugle de Kardubitche reçoit, très émue, une lettre qu'une autre petite fille lui a écrite depuis sa forêt du lointain Canada pour lui dire combien ce Père Noël qu'elle, la petite tchèque, ne verrait jamais, est beau. Voilà. Tout simplement beau. Et ça la bouleverse qu'on aime son Père Noël si loin, là-bas, de l'autre côté de l'océan, et qu'une inconnue l'aime aussi, elle, Alena. Mais que dire quand le facteur apporte à son école, jour après jour, d'autres lettres et encore d'autres qui viennent des Indes, d'Allemagne, d'Australie, de Finlande, de partout, dans toutes les langues ! Les copains de l'écrivain ne lui avaient pas répondu mais ils avaient envoyé par mail la photo à d'autres copains qui l'avaient envoyée à des quantités d'autres. L'écrivain, dans cette histoire, avait de moins en moins d'importance. Cette affaire était celle d'Alena. Et dans aucune des lettres elle ne retrouvait cette pitié dont elle avait trop souffert, mais de l'admiration et de l'affection. Oui, de l'admiration ! On lui disait qu'elle avait réussi l'im-possible et qu'elle était, mais oui, un de ces exemples qui aident les autres à vivre !

J'espère qu'il vous reste encore deux ou trois grosses larmes pour finir mon conte de Noël ?

Vous allez en avoir bien besoin, parce que mon conte n'en est pas un. Cette histoire est tout simplement vraie du début à la fin et je peux en témoigner parce que c'est à moi qu'Alena avait donné son œuvre dans la petite salle d'école de Kardubitche.

Pas mal de fées de vrais contes doivent être jalouses de cette fillette qui vit encore, quelque part en Tchéquie, avec des tas de lettres et de cartes postales sur son mur. Des cartes qu'elle ne lira jamais mais qu'elle peut toucher avec fierté, toujours du bout des doigts.

II

Fillettes au bout de la vallée

IL Y AVAIT AUSSI LES AUTOCHTONES comme on les appelle dans le jargon, ou si l'on veut, les indigènes. De sacrés humains avec tous de sacrées histoires.

Ma femme Madeleine, également médecin, allait « visiter » au fin fond de la vallée cette extrême gent humaine des extrêmes sentiers. Quelques fermes sur ce terminus de vallée étaient encore de terre battue avec des toits de chaume. On y trouvait une odeur étrange faite de fromage, de poules libres et de prairies. Ce n'était pas le rêve que cette senteur de pauvreté mais en tout cas mieux que nos parfums ménagers chimiques délicieusement mêlée à celle des échappements (joli mot que ce mot échappement, n'est-ce pas ?).

Tant que là-haut il est resté des gosses, la vie a continué. Une petite école aidait à faire passer le fameux certificat d'études mais n'empêchait pas la solitude. Cela sentait la fin d'une civilisation que les fêtes ranimaient de temps en temps. On se rendait alors sur les crêtes du val d'Aran où il arrivait de tomber amoureux des voisines espagnoles.

Dès que le Docteur Madeleine approchait de leur ferme, les fillettes se cachaient derrière les tas de paille. Ce qui les passionnait, c'était la façon dont ma femme allait être vêtue. Pensez donc, une dame docteur de la ville ! Le rêve ! Un vrai défilé de mode, avec cette sacoche aux boucles dorées pleine d'instruments étranges, comme les fées ont un cartable de soie pour cacher leur baguette magique. Des années après, les fillettes du bout du monde étaient encore capables de décrire telle ou telle pièce de vêtement qui leur avait donné une bonne semaine de conversation.

Mais bavardes, elles ne l'étaient plus quand on les interrogeait :

« Tu as mal à la gorge ?

– Eu eu.

– Tu tousses la nuit ?

– Eu eu.

– Et en te levant ?

– Eu eu. »

Fillettes au bout de la vallée

Quand le père malade et la famille avaient dû quitter ce bout du monde pour descendre dans la petite ville du bas de la côte, la joie ! Une vraie école, des voitures, le téléphone et même la police !

III

Les abeilles

TOUTES LES SOURCES DE LABACH, un jour maudit d'août, cessèrent de couler. Elles avaient dû se perdre dans quelque gouffre de la falaise et les Sansuc, faute d'eau pour leurs bêtes, furent forcés d'abandonner leur alpage. Ils passèrent avec moutons, mulets, sacs de sel et même leurs lits le col enneigé qui marque la frontière.

Bagergue, Ce lieu d'exil des Sansuc, à vol d'oiseau, n'était pas tellement éloigné de Labach, mais simplement accroché à l'autre versant de cette crête familière qui passait entre les villages. Seule les séparait cette ligne de feu et de sang qu'on nomme frontière, de celle qui vous fait ennemis parce qu'on ne sait où, dans une capitale inconnue, quelques-uns se disputent une couronne ou une femme.

À Bagergue, leur arrivée fut accueillie avec méfiance. Bien sûr, ces exilés, avec leur troupeau, ne ressemblaient ni à des mendiants ni à des pillards Chacun connaissait l'histoire de leur source tarie, mais ils étaient « ceux d'ailleurs ». On ne tarda pas à leur trouver des différences.

Chacun pensa qu'ils finiraient par repartir au printemps, quand les sources recommenceraient à donner. On leur abandonna donc, au prix de quelques moutons, une vieille grange perdue sur l'alpage où personne ne s'aventurait plus. Ils n'eurent qu'une mauvaise terrasse de torchis pour les abriter et toutes les pierres des ruines des alentours pour boucher les trous de la leur. Heureusement, ils n'avaient qu'un enfant à nourrir : Maria, une fillette de treize ans, fragile mais vaillante et de bon caractère.

Les pâturages, de ce côté de la frontière, étaient abondants, mais leurs bergers étaient devenus fainéants. Ils avaient fini, l'un après l'autre, par se faire avaler par le dragon fumant de l'usine. Ils se juraient qu'ils reviendraient, mais on ne les revoyait que pour les noces et les enterrements. Les vieux une fois disparus, les toits de Bagergue, eux aussi, retourneraient à la terre.

Dès la première année, le troupeau s'accrut. Les bêtes de Labach, habituées à une vie plus rude, résistèrent mieux aux épidémies et à un troisième été torride et sec. La grange au bout de deux ans hérita d'une grande terrasse et de murs chaulés en blanc. Seul grand souci, Maria s'étiolait. Elle ne rêvait qu'à son ancien village mais ne l'aurait jamais avoué. Chaque nuit, le même songe l'éveillait : elle était à Van Labach. Elle entendait la source jaillir dans la fontaine. Elle sentait l'odeur des résines des sapins sous le soleil et revoyait les aubes rouges percer les brumes et la lumière du matin se glisser d'un coup sous le drap du torrent.

Un soir, comme elle sanglotait derrière la maison sur sa poupée, dernier reste de son enfance, elle entendit comme un bourdonnement. Des abeilles couraient sur sa robe. Elle la secoua et se remit à pleurer de plus belle. Les abeilles, cette fois, envahirent sa joue alors que pas une larme ne la mouillait. Étranges insectes qui, au lieu de gagner les prés pour butiner et rentrer à la ruche avec leur pollen, ne quittaient sa robe que pour s'élever droit vers le ciel et voler par-dessus la montagne pour passer le col.

Maria rentra chez elle où, en se regardant dans la glace, elle vit que de ses yeux ne coulaient pas de larmes mais que des abeilles tombaient de ses paupières. Elle se garda bien d'en parler à personne. Quelques jours plus tard, elle cueillait une grande brassée de fleurs des champs qu'elle disposa dans un vase devant la fenêtre. Comme le même rêve de Labach la reprenait, un léger frôlement l'éveilla en pleine nuit. Il lui fallut sentir les dalles glacées sous ses pieds nus pour croire ce qu'elle voyait. Ses fleurs, l'une après l'autre, s'envolaient du bouquet pour filer par la fenêtre sans le moindre souffle ni le plus petit courant d'air. Elle sortit et crut voir ses marguerites et ses boutons d'or, sous la lune, filer droit vers le col jusqu'à ce que le vase soit vide. Elle se garda une fois encore de raconter cet étrange événement.

Quelques jours après, la cage de la tourterelle suivit le même chemin, puis ce furent quelques poules, emportées dans un vent de folie, et enfin l'âne que son père, par chance, réussit à retenir par son licou avant qu'il ne joue au cerf-volant.

Là-dessus, la mère mit au monde un autre enfant, mais l'accouchement se passa si mal et l'hiver fut si rude qu'elle en mourut, et Maria haït encore plus Bagergue. En attendant l'enterrement, en cachette, elle se mit à remplir sa musette pour repasser seule la montagne. Mieux valait les loups que les voisins de Bagergue.

Elle suivit le cortège, titubant de chagrin, tellement épuisée qu'au cimetière elle dut s'appuyer sur une pierre dressée tandis que le prêtre prononçait les dernières paroles, et le sommeil la surprit. Elle rêva que sa mère était couverte de fleurs de Martagon dans l'ancien cimetière de Labach.

Soudain, les quatre gaillards qui venaient de déposer le suaire au fond de la fosse poussèrent un hurlement d'effroi. Le linceul remontrait lentement hors du trou.

Les garçons en avaient vu d'autres à la guerre, mais jamais vision aussi effrayante. Ils s'enfuirent et heureusement bousculèrent Maria au passage. Du coup, elle se réveilla. Et sa mère retomba lourdement dans sa fosse.

À peine rentré chez lui, le père de Maria ne douta pas de ce qui attendait sa famille. On allait les accuser de sorcellerie et les lapider, comme c'est la coutume au pays de Bagergue. Il chargea ses mulets, fit rassembler le troupeau par les chiens et malgré la neige, la famille reprit le chemin du col, celui-là même qu'elle avait traversé trois ans avant dans l'autre sens.

Il fallut s'enfuir à la course. Le village avait déjà rassemblé ses hommes et ses fourches pour tuer la jeune sorcière. Des pierres volèrent mais les cailloux ne retombaient pas. Ceux de Bagergue s'enfuirent, de peur de prendre le même chemin.

L'histoire dit que dans le village toujours sans source, à peine arrivés, les fuyards retrouvèrent avec la liberté leurs misères passées. Maria fut accusée de tous leurs malheurs. Elle prit tellement peur que les siens viennent la tuer la nuit qu'elle désertait sa paillasse pour aller se cacher ici ou là sous la paille. Même chez elle, elle connaissait encore l'exil, et quand elle pleurait, ses abeilles la consolaient. Mais cette fois, elles ne se dirigeaient plus vers le col. Elles s'enfonçaient dans un ravin au-dessus de Labach et n'en revenaient plus.

Une nuit de grosse lune, Maria pleura pour les suivre en cachette. Leur essaim bourdonnait dans les profondeurs du rocher d'où s'écoulait la source il y a des siècles. Épuisée, elle s'étendit mais aussitôt fut la proie du plus terrible des cauchemars. On l'enchaînait pour la forcer à repasser le col. Contre ces bourreaux de Bagergue, elle jetait d'énormes rochers avec la même aisance que des bottes de paille. Peu à peu, vidée de ses pierres, la faille du rocher s'élargissait, le ravin se creusait et les abeilles menaçantes pullulaient. Maria s'enfuit à toutes jambes pour se réfugier chez elle. Elle trouva toutes les maisons de Labach vides et silencieuses mais sur la place un accordéon faisait grand bruit.. Tout le monde dansait autour de la fontaine d'où une eau limpide jaillissait de toutes ses forces.

Quand les yeux de Maria se remirent à pleurer, plus d'abeilles. Un flot de vraies larmes remplissait le bassin.

Neuvième partie
HISTOIRES DÉBRANCHÉES

I

Une vieille branche

CERTAINS JAMAIS NE SAURONT OÙ S'ASSEOIR.

J'ai bien connu un apiculteur, un peu dans le genre frelon, qui avait le chic pour coller ses étiquettes. Sur un de ses pots, il y avait « Miel de tilleul », sur l'autre « Miel de lavande », sur un troisième « Miel d'acacia » et ainsi de suite. Il aurait pu mettre sans broncher « Miel de bananier » car il avait un don de persuasion extraordinaire. Le client touristique un peu perdu avait l'impression d'avoir sur la langue le miel d'une fleur alors qu'il n'avait jamais produit que du miel de tilleul teinté avec Dieu sait quel ingrédient inoffensif.

Mais revenons à notre « Certains jamais ne sauront où s'asseoir ».

Donc, notre homme avait installé son rucher en lisière d'un pré, au bout d'une mauvaise piste de montagne et depuis toujours, au-dessus du rucher, le même arbre aux branches pourries lui tapait sur les nerfs. Ce n'est pas qu'il le gênait. Il se contentait de lui taper sur les nerfs. Car il est des chênes dont on se ferait volontiers un ami et d'autres que vous ne pourrez jamais piffer à cause de leur forme, leur couleur ou simplement parce qu'enfant, vous avez reçu une raclée mémorable sous son ombre.

L'éleveur décida donc de l'abattre, branche après branche, sans autre explication. Puis il ferait venir un copain avec sa tronçonneuse. Il prit la piste en faisant porter scie et casse-croûte par la femme, malgré les conseils de prudence qui furent suivis de colère, puis de larmes, parce qu'elle aimait cet arbre.

« Laisse-le tranquille, Marcel. Qu'est-ce qu'il t'a fait ?

– Il contrarie les abeilles. Si le nouvel essaim vient s'y coller, c'est toi qui monteras l'en sortir ?

– Tu fais une belle connerie, Marcel, comme chez le notaire. »

Marcel s'est tu. La phrase était de trop. Il est monté sur les épaules de la femme, s'est rétabli sur la plus basse branche, est monté plus haut et ainsi de suite jusqu'à la branche maîtresse, celle qui était censée gêner le labeur des butineuses. Rendu là, sans décolérer, il se met à scier.

« Marcel !
– Toi, en bas, ne recommence pas !
– Écoute !
– Je t'ai assez entendu !
– Continue et tu verras. »

Il n'allait pas manquer de voir, l'éleveur d'abeilles, car dans sa fureur, il s'était mis à scier sa branche entre lui et le tronc, alors qu'il eût fallu faire l'inverse.

Craquement subit, cri, glissade, chute de bonhomme en plein sur une ruche. La branche suit en éventrant d'autres ruches et en cassant une jambe au passage. Nuée d'abeilles affolées et furieuses. Pluie céleste de dards et d'aiguillons venimeux. Cris et fuite de l'épouse à tire-d'aile dans la descente, croyant que le mari va suivre. Il ne suit pas mais il beugle, là-haut. Après quelques bafouillages inintelligibles, elle découvre les pompiers bénévoles en train de taper la carte au bistrot. Quand ils comprennent l'histoire, ils en crèvent de rire avant de mettre leur camion rouge en marche. Il grimpe péniblement la piste, la nuit déjà tombée, dans un concert de sirènes tous phares allumés et gyrophare scintillant, ce qui détourne la colère des abeilles sur les pompiers quand ils quittent l'habitacle. On ne rit plus. On s'enferme pour voir à la lueur des phares le malheureux Marcel faire un geste désespéré en montrant sa jambe. Sa femme, plus courageuse, vient le tirer hors des ruches mais le nuage d'abeilles suit. Enfin, elle a l'idée de jeter sur son homme deux couvertures trempées dans le ruisseau. Civière, descente. Marcel ne parle plus. Mort ? Entrée remarquée à l'hôpital. Direct à la salle d'opération. Les infirmières découvrent ce qu'elles pensent être un grand blessé. Mais le dernier carré d'abeilles, agglutinées sous la couverture et sur les vêtements de l'homme, n'aiment pas qu'on les hospitalise sans consentement. Et pique que je te pique. Après s'être occupées des infirmières et du chirurgien, elles cherchent une issue vers le couloir. Premier geste intelligent depuis le début, une infirmière balance un grand flacon d'éther. Les abeilles, on peut le dire ainsi, tombent de sommeil.

Ainsi se termine ce drame si l'on exclut les suites naturelles : chacun, muni d'une pince, extrait les dards piqués sur le collègue.

Il en est qui jamais ne sauront où s'asseoir sur la branche.

II

L'arbre fou

CETTE HISTOIRE me fut contée dans le village d'Argut, comme étant très ancienne mais vraie. Elle est impensable mais pas impossible.

Un vieil original, certains auraient dit un vieux fou, avait vu sa maison brûler. Les couvertures de chaume, à l'époque, flambaient comme de l'étoupe et l'on m'a dit qu'Argut était un nom donné par les Sarrazins. Ce nom signifiait « le village brûlé ». Des voisins compatissants avaient refait un semblant de toit. Un toit et rien d'autre car le plancher s'étant consumé, le sol était resté de terre battue. J'ai bien connu, il y a cinquante ans, des fermes qui n'avaient pas d'autre sol.

L'homme survivait là en travaillant à la tâche pour descendre le bois des coupes. Il était encore seul quand un coup de vent fit voler entre ses murs une graine de bouleau. Ce vieux loup solitaire, voyant pousser l'arbuste au milieu de ses murs, l'aida amoureusement à survivre. Il l'arrosait, le dégageait, lui portait de la bonne terre volée dans les jardins.

Le drôle de bonhomme passait de longs moments assis devant son bouleau encore nain, à lui tenir compagnie. Il se réjouissait quand une nouvelle branche s'annonçait et s'inquiétait à l'automne de voir tomber ses quelques feuilles. Au printemps, il caressait les bourgeons comme des jeunes filles. Du haut de son escabeau, il voyait par sa fenêtre la belle futaie de bouleaux qui entourait le village, celle d'où cette graine avait dû voler jusque chez lui. Mais le seul arbre qui comptait était le sien. Comme il empêchait les gens du village de rentrer chez lui, ce secret dura des années. Entre-temps, cet homme amoureux de son arbre devenait de plus en plus bizarre. À voix basse, on l'accusa de pouvoirs maléfiques. Tout ce qui tournait mal lui était attribué. On ne l'aidait plus par pitié mais par crainte. Or, ce fou n'était pas plus fou qu'un autre. Il l'était peut-être moins que ses voisins quand ils lui attribuaient Dieu sait quels pouvoirs imaginaires.

L'arbre grandissait et prenait de la vigueur. Vint le moment où il fut assez haut pour arriver sous le toit. Que faire ? Une brèche dans les tuiles ?

Ou fallait-il l'écimer ? Mais coupe-t-on le bras d'un enfant quand il grandit trop ?

Deux années passèrent avant qu'une branche plus vigoureuse que les autres ne fît sauter quelques tuiles. Un coup de vent violent se chargea de plumer le toit autour de la brèche et le village stupéfait vit pointer vers le ciel cet objet incongru : une branche, comme un signe de main s'agitait au-dessus des tuiles.

L'arbre, heureux de trouver enfin le soleil, n'en poussa que plus fort. Une poutre finit par céder, et par ce trou béant, la cime se donna toute liberté. Elle poussait, poussait, poussait, jusqu'à ce jour de haute neige où tout le village, en pleine nuit, entendit un grand fracas. Le reste de la toiture venait de s'effondrer. C'était chose assez banale dans ce pays d'abandon. On en profitait pour récupérer les poutres de chêne et les clous forgés et seuls quelques vieux avaient de la peine à voir une ruine de plus, qu'ils avaient connue demeure pleine d'enfants.

Les voisins enfoncèrent la porte pour dégager le corps de l'homme. En vain. Les ruines étaient vides. Ils cherchèrent jusqu'à ce qu'un rire leur fasse lever la tête. Le vieux était perché sur la plus haute branche de son bouleau. Jamais depuis l'incendie, on ne l'avait entendu rire et comme il en avait perdu l'habitude, ce premier éclat ressembla à un hennissement sinistre et moqueur. Ne fallait-il pas être dément pour se réjouir qu'un fils de graine ait en grandissant conquis le soleil ?

Celui qui revient seul d'un exil en enfer est bien plus effrayant que le mécréant qu'on y précipite. L'homme embarrassa tout son monde en refusant qu'on coupe l'arbre pour réparer sa toiture. On dut le loger chez l'un chez l'autre, jusqu'à lui retaper la masure du presbytère.

Son histoire n'en finit pas pour autant.

Quand il fut près de ses quatre-vingt-cinq ans, la foudre, de haut en bas, fit éclater son bouleau, devenu un bel arbre. Chacun s'attendait à voir le vieux à replonger dans sa folie. Mais là encore, il fit ce que nul n'attendait. Il demanda qu'on tronçonne son arbre, qu'on le traîne à la scierie et qu'on en fasse des planches. Étant habile de ses mains, il trouva la force d'en sortir un banc, une armoire. Et son cercueil.

III

Un corbeau dans le figuier

ROSA AVAIT HÉRITÉ DE TOUS LES MALHEURS. Ceux qu'on dit inévitables et ceux qu'on nomme « manque de chance ». Parmi les premiers, un mari et un fils aîné embauchés dans les mines de blende, juste au-dessus du village. Comme on minait à sec, à l'économie, une fine poussière de silice couvrait les vêtements. En battant l'étoffe s'envolait un nuage de cristaux microscopiques. Mais les poumons on ne pouvait les battre et les paillettes s'y incrustaient sous le nom de silicose. Avec les années de mine ce poumon devenait dur comme du mastic, quand il n'était pas rongé par le cancer ou la tuberculose. À la fin il ne valait plus rien pour respirer et le cœur s'épuisait.

Les deux hommes de Rosa s'étendaient alors à même la terre, sous le figuier, un arbre censé porter malheur, mais ils ne pouvaient se relever seuls. Couchés sous son ombre, ils faisaient d'interminables parties de cartes. Leur vraie compagnie était le ciel et les oiseaux. Un grand corbeau solitaire et quelques merles chanteurs. À la mort de ses deux hommes, Rosa se retrouva seule avec sa fille qu'un homme quelconque ne tarda pas à lui enlever.

Une Rosa d'autant plus seule qu'elle ne l'avait pas toujours été et la solitude est la plus mauvaise compagne de la femme. Elle a beau faire, sa tête déménage les instants du passé et quand le passé remue trop, cela peut se nommer délire. Rosa finit par rester de longues heures debout, raide et noire sur son seuil. Elle regardait son figuier et ses oiseaux. Le facteur, pour ne plus monter le raidillon qui menait chez elle, commença par jeter la publicité. Il finit par balancer aussi les lettres de sa fille qui, ne recevant jamais de réponse, finit par ne plus écrire.

Le diable s'amuse avec le malheur. Il ne tarda pas à venir jouer sa partie chez la veuve. Au début, Rosa avait encore sa tête. Elle restait capable de penser que le corbeau était un vrai corbeau et que le merle n'était pas son fils. Puis ses idées trébuchèrent jusqu'à cette nuit où elle se mit à appeler :

« Joachim ! Joachim ! »

Et le corbeau descendit du figuier. Puis ce fut le tour du merle à l'appel du nom d'Isidore, puis de tous les bouvreuils, moineaux, mésanges et autres volatiles qui logeaient là. Pour chacun, elle avait un nom. Après un été de canicule, le figuier finit par rendre l'âme et les oiseaux partirent. Ne restèrent que des branches qui dressaient vers le ciel leurs bras décharnés.

C'est alors qu'une image surgit dans la pauvre tête de Rosa. Elle la voyait partout. Elle la poursuivait nuit et jour. Ce qu'elle voyait était pour une fois vrai ou du moins l'avait été. La première fois que son homme l'avait prise, c'était après avoir gravé au couteau sur l'écorce de l'arbre – encore un figuier – leurs deux initiales enlacées. Et Isidore était né de là. Cet arbre, elle n'avait jamais eu le temps de le chercher. Il était sûrement tout là-haut sur la crête.

Rosa décida que le mari et le fils étaient remontés y habiter. Pour elle bien entendu, c'était le corbeau et le merle. Si elle retrouvait le figuier, elle serait sauvée. Son âge et sa solitude tomberaient d'elle comme la défroque d'un épouvantail. Elle noua un fromage et une gourde dans son fichu et lentement, telle une fourmi estropiée, elle se mit à grimper. Plus elle montait, plus elle était lente et plus elle s'obstinait dans sa souffrance. Un vrai Golgotha.

On ne la retrouva qu'après deux jours de recherche. Elle était adossée à un figuier et appelait :

« Joachim !… »

« Isidore !… »

Les gens racontèrent qu'un gros corbeau et un merle avaient alerté de leurs cris ceux qui la cherchaient en vain. On aurait dit qu'ils répondaient à leur manière aux appels de Rosa.

Dixième partie

PETITS PORTRAITS HAUTS EN COULEUR

I

La lettre de Lucia

MARCO, DEPUIS CINQ ANS, vivait en Espagne (presque en Espagne : en Catalogne. Presque en Catalogne : à Cadaquès la Grecque), quand on le fit appeler à la poste pour un courrier urgent. (Le facteur, dirigeant la sardane, ne pouvait se déplacer ce jour-là.)

Quand la rétinite s'était attaquée à sa vue, comme elle l'avait fait pour sa mère, il avait été noyé dans la pitié de ses amis et connaissances, pitié dont il se serait passé. Puis on était venu le voir de plus en plus rarement, avant de se faire remplacer par des cartes de vœux, ces petits faire-part des amitiés mortes. Ces cartes, bien entendu, il ne pouvait les lire, tant il est vrai qu'on oublie l'infirmité d'un ami dès qu'on s'en éloigne de mille kilomètres.

Marco vivait près du port avec son chien blanc et une belle plante métissée qui complétait leurs revenus dans les boîtes et les cafés grâce à l'abondance de ses dons. Cette Yasmina avait trouvé auprès de cet aveugle une sécurité que jamais elle n'aurait espérée de ses précédents amants.

Marco, en aveugle, aimait écouter. Il « voyait » mieux la mer en percevant ses plus fines rumeurs, ses moindres caresses sur le flanc d'une barque, que ces bon pied bon œil de *marineros* qui n'y voyaient que du bleu.

Yasmina, donc, ce jour d'automne, traversa les sardanes pour aller retirer ce pli urgent qu'elle ouvrit et lut à Marco, en observant impunément sur son visage ce qu'allait donner une missive aussi étrange. Mais n'ayant à attendre aucune réponse à ses mimiques, l'aveugle s'était habitué à garder un visage de marbre.

Cette lettre, l'avait écrite une femme de trente ans, l'âge même de Marco, une nommée Lucia que la vie avait séparée de l'aveugle quand il était déjà « mal voyant ». Son employeur s'était « à regret », comme il disait, privé de ses services. Leur amour enfantin s'était brisé sur la misère. Marco, pour ne pas être une charge pour Lucia était parti à Cadaquès où le grand vide entre eux s'était vite installé. Plus le moindre courrier, pas le plus petit coup de téléphone :

une foire au silence, où tournaient en manège les souvenirs d'un amour fou quand Lucia disait : « Étonne-moi pour que je t'aime. » Et Marco l'étonnait sur un alpage en lui demandant de se mettre nue pour un très chaste pique-nique, ou en la tenant enlacée sous une pluie torrentielle devant la Méditerranée que hachait le tonnerre.

Cette lettre de Lucia disait :

« Mon amour,

le docteur m'a dit que j'ai une maladie incurable, un peu comme la tienne mais plus grave. Tu seras encore aveugle que je serai depuis longtemps morte. Il y a cinq ans, j'aurais dû insister pour que tu restes ou pour te suivre. Tu n'as pas voulu. Mon seul espoir, maintenant, est de mourir dans tes bras, et le reste m'importe peu. Je voudrais être encore une fois ta fidèle petite fille, serrer nos souvenirs comme une brassée d'ours en peluche. Tu viendras. Je sais que tu viendras. Je suis sûre que je peux t'attendre. Ma mort va patienter jusqu'à ce que mon amour soit là. Je te supplie de n'avoir aucune pitié. La pitié, tu le sais si bien, c'est l'amour des menteurs. Je t'embrasse et je t'attends. »

Le visage de Marco était un masque tendu et ses yeux blancs s'étaient fermés.

« Qu'est-ce qu'"on" lui répond ?

– Rien.

– Tu ne vas pas laisser tomber cette pauvre fille ?

– J'irai peut-être la voir.

– Mais je ne peux pas lâcher mon boulot maintenant. Il faut attendre la fin de la saison.

– J'irai donc seul.

– Et dans le train, comment tu feras sans moi ?

– J'irai là-bas à pied.

– Mais tu es fou !

– Avec mon chien.

– Tu ne seras pas à San Pedro que l'autre sera morte depuis longtemps. D'ailleurs, tu ne sais même pas pourquoi tu y vas. Tu ne vas même plus la reconnaître. Heureusement, il te reste toute cette nuit pour changer. Moi je dois chanter au cabaret après la sardane. Je te laisse ton lait sur la table. Tchao ! »

Yasmina partit tranquille. Marco avait toujours de ces lubies, de ces projets fous dont il n'était capable qu'en songe. Une lettre, par le diable, ça ne vous change pas un homme. Une femme, c'est à voir…

À l'aube plus de Marco ni de chien. Les rues étaient vides et les rares noceurs attardés n'avaient pas vu le couple d'inséparables sur la route. Ce qui rassura Yasmina, c'est que son Marco ne pouvait aller loin. Il n'avait emporté qu'un pain et une gourde et lui avait laissé tout l'argent.

Quant à l'aveugle, pour prendre de l'avance, il avait pris la route dès que Yasmina avait commencé son tour de chant. Il n'aimait plus les femmes. Pas plus Yasmina qu'une autre. Il vivait avec, donnait sa pension mais il restait enfermé dans sa nuit et ne désirait plus en sortir. Il se mit en marche sans se poser de questions, comme on fait longuement son *paseo* sur le port. Mais il avait perdu l'habitude de la marche et l'interminable côte de Cadaquès le laissa vite épuisé et affamé. Cela au moins était la certitude du moment, et il s'en contenta.

Quand il s'arrêta devant le monastère de San Pedro, les cloches annonçaient matines et le vent de mer disait à Marco que l'aube devait se lever. Il chercha la grande porte en tâtonnant le long d'un mur interminable et tira sur la cloche. Il se mit à crier :

« *Pan, agua, leche, por la gracia de Dios !* »

Le frère portier ouvrit. Dans les monastères, tous ces « frères portiers » doivent chercher la sainteté dans le bavardage. Ils parlent à leur porte autant que tous les moines entre eux. Cette sainteté des bavards est attribuée par les supérieurs aux moines un peu simples en esprit, qui n'ont pour grimper au ciel qu'une échelle des mots. Frère portier de San Pedro, la porte à peine ouverte, vit que le bonhomme qui demandait du pain n'était pas un banal pèlerin mais semblait venir tout droit d'un autre monde. Pour ce passant d'on ne sait où, il se montra de bonne humeur.

« Où vas-tu avec ton chien ?

– Et toi, de quel droit te mêles-tu des affaires de mon chien ? Il a faim, il a soif. Pour moi seul, je n'aurais pas cogné à ta porte.

– Bonne question. Mais ne serais-tu pas l'aveugle de Cadaquès dont on ne dit pas tout le bien possible ? Après tout, commence par manger. Tu me répondras l'estomac plein si tu en as envie. »

Il regarda Marco et le chien se restaurer et boire, puis reprit :

« Si tu as été content de mon lait et du pain frais sur lequel je t'ai mis une couche de grattons à étouffer un chrétien, tu vas me dire ce que tu fais sur ce chemin qui ne mène nulle part. Même pas à Compostelle. »

Marco, sans un mot, tendit au portier la lettre de Lucia. Le temps de la lire et le moine dit :

« C'est triste. Tu aurais pu me mentir en inventant une histoire plus gaie. Mais pourquoi es-tu parti à pied quand tu sais que cette femme ne peut pas attendre ? Aurais-tu quelque compte à rendre à Dieu et quelque pénitence à faire ? En vérité, tu n'as aucune envie de la voir vivante mais tu fais semblant de te presser pour elle. Je ne dis pas vrai ?

– J'y vais à pied parce qu'elle ne mourra pas sans me voir. Ainsi la mort s'éloigne d'elle à chacun de mes pas.

– Ce n'est pas rien, l'ami, ce que tu fais là. Tu pourrais enseigner à ceux qui sont derrière mes murs. Pour aimer Dieu, ils auraient besoin de ta folie. »

Marco trouva que cette voix, qui tout à l'heure, tombait de haut, venait maintenant de plus bas. Il tendit la main et trouva une grosse tête et sa tonsure au lieu de tâter la corde de la bure.

« Tu pries à genoux pour ma Lucia, mais il n'est plus temps.

– Je le sais, pauvre tondu. Je le sais aussi bien que toi. Je prie pour que tu l'aimes encore plus, même si ça ne te plaît pas. Alors, elle t'attendra. Mais si tu ne l'aimes pas, qu'est-ce que tu vas faire là-bas, avec ce sac de puce ?

– Tu peux penser du mal de moi mais pas en dire de mon chien. »

Le portier se mit à rire.

« Si tu es si sûr que sa mort peut attendre, assieds-toi. À moi, au moins, tu fais du bien. Et puis tiens, pour faire gagner un peu de temps à cette Lucia, je vais aller voler quelques fromages au Bon Dieu pour ta route en échange de ta lettre. »

Marco se prit à sourire. Grâce à ce drôle de moine, il se sentait sur un vrai chemin.

Frère portier remonta du cellier avec une bouteille de tord-boyaux *escarchado* et un sac de fromages de chèvre.

« Maintenant, va-t-en. Il ne faut pas gâcher notre rencontre. Mais avant, donne-moi sa lettre.

– À qui veux-tu la faire lire ?

– À Dieu, lui seul sait faire patienter la mort ! »

Et le moine de San Pedro partit d'un long éclat de rire.

Cet automne-là, la montagne ne fut pas méchante. Les bois avaient l'air d'un petit peuple en fête. Quand l'aveugle avait passé quelque col pénible et dégringolé dans un pierrier, il s'étendait sur ces herbes sèches qui lui rappelaient Lucia riant toute nue. Il se souvenait de ces combats acharnés dans la prairie entre les fourmis nègres de la jeune femme et les siennes, romaines bien entendu. Il avait tellement changé sur la route de Cadaquès qu'il en faisait faire des cauchemars à son chien, qui gémissait de peur, dans la nuit des cabanes, à écouter chanter son maître.

Le long des Pyrénées, Marco ne trouva pas d'autres bons frères portiers. Les moines lui donnaient leur pain rassis en prétendant que c'était là l'ordinaire, alors qu'une narine d'aveugle sentirait l'odeur des cuisines à travers un mur.

Marco marcha cinq semaines. Avant d'arriver dans le village de Lucia, il traversa un village en fête où il resta trois jours, plein de remords de faire attendre sa Maria. Puis il reprit son chemin, la canne blanche en avant.

Arrivé au village, il interrogea le premier enfant venu sur une Lucia qui devait être très malade.

« Oui, dit le gosse, moi je la connaissais parce que mon père est son docteur. On l'a enterrée juste ce matin, mais vous savez, cette femme elle avait pas l'air malheureuse de mourir. Même que mon père a dit : "Avec ce qu'il lui restait de poumons, elle n'aurait jamais dû tenir ces trois jours." Mais toi, l'aveugle, qui es-tu ?

– Je ne sais plus.

– Es-tu celui qu'elle était si heureuse d'attendre ?

– Comment sais-tu ?

– Le portier honoraire de San Pedro est passé. Nuit et jour, il lui répétait que tu l'aimais encore. »

Marco prit l'enfant dans ses bras et l'embrassa. Puis il reprit la route.

II

En attendant la pluie

ELLE AVAIT CENT QUATRE ANS à quelques semaines près. Cent cinq peut-être. Ses années lui pesaient tant qu'elle n'en faisait même plus le compte. Son vrai décompte était celui des morts. Et Les seuls épargnés par l'oubli étaient ses amours.

Le premier descendu sur les Ardennes en 1917, le suivant mitraillé sur la manche en 1941. Deux aviateurs. Du troisième on l'avait séparée en l'exilant comme institutrice dans une grande banlieue de Lille, parce qu'elle aurait fauté avec le mari de sa propre sœur.

Cet amas de maisons qu'on appelait village était triste à mourir, et les bois alentour ne valaient guère mieux, mais elle s'était faite au vide et le vide à elle. Même pas triste. Peuplé de trois amants plus que Vincennes ne l'est de ses enfants. Là, elle gardait jalousement ses rêves et son cerisier, juste devant sa fenêtre.

Ses amours, sa montagne et son cerisier. Il faudrait ajouter cette douce pluie d'automne, cette complice qui vous brouille les vitres et tout ce qui est derrière. Surtout le cerisier. Il se faisait fantôme à réveiller le passé. Elle pouvait en faire alors tout ce qu'elle voulait : ses hommes.

Aussi les jours de soleil étaient-ils si tristes. Tristes à en mourir, si elle avait pu le décider. Les vitres sans la pluie laissaient tout voir : les troupeaux, les charrettes, les enfants. Le cerisier devenait odieux. Cet arbre avait l'audace de lui reprocher à elle, une femme, de ne pas avoir rempli un berceau de cerises et d'être restée là, égoïstement seule au milieu de cent quatre années éparses comme un puzzle sur les bibelots d'un salon.

Ce jour-là fut triste à en mourir de soleil. Ses éclats empoisonnaient toute mémoire et meurtrissaient toute nostalgie. Cet insolent osait regarder à travers les vitres une femme beaucoup trop vieille pour ses souvenirs.

Ce soir-là elle attendit en vain la pluie. Rien qu'un affreux beau temps. Un train roulait au fond de la vallée comme tous ces trains qui étouffent leur ferraille sous les nues. Entre les trains, le silence laissait son petit bruit énervant de campagne sans oiseaux.

Mais elle gardait l'espoir, comme une adolescente, l'espoir fou d'une pluie pour que ses hommes, avec leurs grands bras de branches, leur tronc qu'elle avait si peu connu et serré, surgissent du jardin, derrière le cadre de la vitre. Elle leur prêterait des racines, comme de grands ongles qui s'accrochent à l'existence.

Le soleil s'en fut voir ailleurs et les voisins ne donnèrent l'alerte que le lendemain, en ne voyant d'ouverts que les volets du jardin. Ils trouvèrent la vieille dame en paix. Il s'était remis à pleuvoir sur les montagnes, comme toujours et comme jamais.

III

Je m'appelle Johanna

MON NOM EST JOANNA. J'ai dix-sept ans et au-dessus de moi la voûte monstrueuse du barrage et, derrière le barrage, ce lac immense qui ne sert à rien, ce lac de fous dessiné un jour sur un papier bleu où n'étaient pas les hommes. Je n'ai pas connu ces milliers de pauvres qui transportaient le sable, puis encore le sable et toujours plus de sable pour le ciment.

Je suis triste ce soir dans ma maison parce que j'ai juste l'âge de ce mur immense qui retient ce fleuve qui n'a servi à rien. Je ne demande à personne de m'avoir en pitié ou de me consoler, ou de me couvrir d'amour et de bijoux. Je ne demande à personne d'avoir un jardin ou un vélo ou même un père. Le mien est je ne sais où dans ce barrage. Il travaillait dans un puits et comme personne ne le savait là ils ont versé le béton sur lui. Mon père a une plus grande tombe que Pharaon. Je m'appelle Joanna, et mon père aurait dix-sept ans de plus aujourd'hui.

Je sais ce qu'est la mort, je connais ma peine, mais je voudrais tant savoir juste une seule fois à quoi ce barrage et mon père ont servi.

IV

Carmen, Pascual, et les autres

NON LOIN DE LÀ, à une bonne demi-heure de marche, était la Carmen dont le fils fut mon premier malade après mon installation au pays. Le médecin habituel, lui aussi malade, n'avait pas pu monter et le temps était à la neige et au vent. Je commençais donc ma vie de jeune médecin dans l'image d'Épinal classique. J'allais soigner au bout d'une piste perdue sous la neige un grand malade, ancien déporté ou mineur, je ne sais plus, qui ne voulait absolument pas de l'hôpital. Là je me suis aperçu que le rêve du toubib écolo avait ses limites. Le vent était froid, la neige enfonçait, les pieds étaient trempés, et le médecin n'avait de recours que lui-même. Ni téléphone, ni ambulance, ni spécialistes de secours et l'épouse qui s'angoisse à la maison. Sans parler des bureaucrates qui refusaient de rembourser ces kilomètres parcourus à pied sous prétexte qu'une route était indiquée sur la carte d'état-major. De l'artisanat pur sucre. Avec heureusement cette joie et cette fierté intérieure : ce qu'on tenait entre nos mains, c'était bien la vie de l'autre.

Il se trouva chez cette Carmen qu'une résistance inattendue prolongea l'homme que je montais souvent voir. On me nomma donc « Docteur Miracle ».

La seule approche du monde pour Carmen et son fils était le journal *La Dépêche* dont elle conservait tous les numéros depuis des années. Les piles montaient jusqu'au plafond. Elles lui servaient à cacher ses billets. Un coffre-fort d'où, après sa mort, les voisins, parents et amis sortirent une fortune, dont pas mal de billets périmés.

Mais au bout du monde on ne renonçait pas toujours à ses racines. Tel ce vieux qui refusait de quitter la maison des ancêtres, celle qu'on nommerait maintenant une masure, en donnant comme raison péremptoire que le moral de son âne ne le supporterait pas. Il descendit dans la vallée quand ledit âne passa l'oreille à gauche, si l'on peut dire.

L'homme était typique de cette race montagnarde en disparition. Sa pensée était faite pour vivre avec ses animaux sous la vue immense de ses sommets. Il était à la fois aigle et renard. Malicieux mais capable de vues d'une perspicacité originale sur le monde quand il s'avisait d'en parler. À part cela marié avec son vieil accordéon avec lequel il avait fait danser des générations. Il me jouait la *Valse brune*, sa spécialité, si j'avais été raisonnable avec lui, c'est-à-dire si mon ordonnance avait été des plus légères.

Comme il avait des troubles menaçants du rythme cardiaque je lui avais fait placer un pace maker, au grand dam des autres vieux du village qui avaient décidé qu'il fallait le laisser mourir en paix. Ce qu'il fit, mais en laissant les vieux, ses collègues d'âge, partir avant lui. Son regret disait-il avec un clin d'œil, c'est qu'on n'ait pas encore inventé un pace maker pour remettre en route une autre petite machine qu'il me désignait du doigt et dont il avait fait longtemps bon usage.

Ces gens de là-haut qui semblaient arriérés avaient en réalité beaucoup plus de personnalité et souvent plus de jugement et de liberté de parole que nos contemporains. Parfois même du génie, tel ce Toca, contrebandier professionnel du bout du monde, mais la frontière n'était-elle pas son atelier ?

V

Ce petit monde de la frontière…

DANS CETTE HISTOIRE on aura donc le douanier Espouy et le contrebandier Tato. L'un pourchassait l'autre en le respectant au point de discuter avec lui, au bistrot, de la chasse et des femmes, leurs passions communes.

Quand ses collègues arrivaient à pincer Toca sur le fait, ce qui était rare, Espouy était malheureux. Il espérait que ce brigand ne guérirait pas de sa manie de passe-frontière et que sitôt sorti de cette prison où il ne restait jamais longtemps il rechuterait, ce qui ne manquait jamais de se produire tellement être contrebandier était à l'époque un honneur et une passion.

Espouy n'avait jamais eu la chance de prendre Toca la main dans le sac. Or cette fois, son Toca était fichu à coup sûr. Un autre passeur l'avait dénoncé, sous le sceau du secret. Il tenait de source sûre que le contrebandier jouerait au saute-frontière la nuit suivante, avec un plein sac de roulements à billes. Cela valait bien de marcher sur la neige jusqu'aux anciennes mines de Llat. Pour Espouy, cette arrestation ferait monter au zénith sa réputation de fin limier et lui vaudrait un avancement.

C'est ce qu'il ruminait en pataugeant dans la neige fondante sur les pentes des Vieilles-Mines. Il arriva au col comme tombait la nuit et s'installa dans une ancienne cabane. Viendrait bientôt l'heure de Toca, celle où la neige commence à tenir. Pas un fonctionnaire, flic ou douanier n'aurait eu le courage de sortir par ce temps glacial alors que lui, Espouy, était en planque. Il n'avait qu'à attendre en tendant l'oreille, les jumelles vissées sous le front et tournées vers la vallée.

Mais elles avaient beau être du dernier cri, ces lunettes de service, elles ne pourraient voir Toca. Pendant qu'Espouy, le malheureux, se gelait sur le col à l'attendre, son contrebandier était à l'abri. Et quel abri ! Grâce à sa ruse géniale, il faisait de la contrebande douillette, celle qu'interdit la morale et la religion, dans le lit même du douanier.

J'allais laisser passer la « Cabine », pièce essentielle de la vie de là-haut. Comprendre « la cabine téléphonique ». Le seul endroit reliant ces habitants du bout du monde aux pompiers, aux médecins ou aux amoureux. Encore fallait-il y arriver, à cette cabine, en moto par beau temps, à pied par jour de neige !

Sur son ravin, elle ne semblait tenir que par les fils du téléphone. La dominait une vieille fille qui n'en bougeait pas. Grâce à son pouvoir téléphonique, elle savait tout mais restait assez discrète. On aurait dit que depuis sa cabine partaient des fils de surveillance jusque dans tous les lits, ou même les paillons qui avaient souvent le même usage amoureux, ainsi que les granges d'altitude. Les vaches y faisaient leurs veaux et il arrivait que les filles y mettent leurs gosses en route. Je m'arrêtais souvent à cette fameuse cabine où j'avais des nouvelles du petit monde, accompagnées du pain et du verre de vin qu'il ne fallait pas m'aviser de refuser.

Ainsi allait ce monde vers sa fin. L'univers pastoral faisait place à celui de l'usine et les deux au début allèrent de pair. Une journée à pousser le laitier incandescent avec des perches de bois, suivie aussitôt d'une autre aux champs ou à l'étable, c'était trop pour faire de vieux os. Au moment de faucher ou de rentrer son herbe, on attrapait le rhume des foins. C'était toléré si ça ne durait pas longtemps.

Certains, matin et soir, faisaient leurs six kilomètres pour aller puis pour revenir de l'usine. Il y avait de plus en plus de casse : accidents, maladies, dépressions, suicides. En contrepartie il y avait une certaine abondance. Les salaires montaient d'autant plus qu'ils étaient loin d'être le premier poste de dépense des fours à côté de l'énorme consommation d'électricité des électrodes.

Faute de savoir s'adapter, les petites entreprises du voisinage périclitèrent. Les Maghrébins rentraient chez eux avec leur pécule. Les filles, elles, restaient souvent, ayant trouvé chaussure à leur pied et n'ayant aucune envie de retrouver leur condition maghrébine.

L'usine, obéissant aux mouvements de capitaux, finit par fermer. Ne restait plus que le tourisme auquel personne n'était vraiment préparé. Au bout de la vallée restaient les randonneurs, les aigles… Et l'ours.

VI

Homme à tout faire

C'ÉTAIT ENCORE LE TEMPS où le médecin de campagne était, si j'ose dire, mis à toutes les sauces. Il était spécialiste de la confesse, conseiller matrimonial, assistante sociale, taxi, commissionnaire et parfois même bricoleur.

C'est ainsi qu'assez habile de mes mains, il m'arriva de remettre en route une pendule (de celles à gros ventre, balancier de cuivre, qui font tic tac et sonnent même la nuit pour les anxieux). Mal m'en prit. La rumeur me donna « des pouvoirs » pour redémarrer le cours du temps. Comment refuser à toutes ces vieilles en manque de leur tic et tac ce que j'avais fait pour une autre ?

D'autant que j'avais trois avantages sur l'horloger.

Le premier, c'est qu'il n'y en avait pratiquement plus.

Le second, c'est qu'appelé, je ne faisais pas attendre.

Et le dernier, enfin : comme la vieille s'était « portée malade » avec sa pendule, la Sécurité sociale payait pour la guérison des deux.

Ces avantages étaient tels que je dus mettre fin à cette pratique, très marginale, de la médecine pendulaire..

Quand je fouille encore dans mes souvenirs de spécialiste en tout, j'ai également été torero d'honneur.

Deux filles de dix-sept à dix-huit ans entrent dans mon cabinet de consultation avec un drôle d'air embarrassé. Elles s'asseyent et se regardent sans mot dire. Je demande :

« Alors ?

– Parle, toi.

– Non. Toi.

– Moi je ne sais pas dire.

– Tu sais mieux que moi.

– D'abord, c'est toi que tu l'as fait.

– D'abord, c'est toi que tu me l'as dit de le faire. »

Cette conversation de sourdes-muettes aurait pu durer si je n'avais demandé :

« Vous avez fait une bêtise ?

– (En chœur) Oh, oui !

– Une grosse ?

– (Chœur) Oh, oui !

– Une TRÈS grosse ? Racontez-moi ça.

– Si on vous le dit ici, vous voudrez plus nous aider.

– Alors ?

– Faut venir chez nous. »

Le chez nous de leur ferme en question était tout près de mon chez moi de médecin. Mais la bêtise en question n'avait sûrement pas été faite avec un garçon. En chemin, je supputais toutes les hypothèses mais rien ne venait. Je n'avais plus qu'à les suivre. Plus nous avancions, plus elles se chamaillaient, et nous voilà devant la cochonnière de la ferme. (Porte basse verrouillée par l'énorme loquet de fer. Odeurs *sui generis*.) Enfin, le grand déballage :

« Voilà, docteur, on n'était pas du tout d'accord avec maman.

– Bon.

– Alors, on s'est disputées avec elle.

– Bon. Je ne vois pas.

– Vous savez, elle est dangereuse notre mère…

– Ensuite ?

– Et bien, on l'a enfermée dans cette cochonnière il y a deux heures et elle crie toujours.

– Si on lui ouvre, elle nous saute dessus à coups de manche de fourche.

– Je vois, mais qu'est-ce que je fais ici ?

– Ben voilà. On va vous montrer pour lui ouvrir et on se cachera dans le bois le temps que vous vous expliquiez. Mais faut vous méfier. Elle va foncer comme le taureau.

– Quel était le sujet de cette dispute ?

– On lui dit ?

– Dis-le toi.

– La meule de foin.

– Elle dit qu'on s'est cachées derrière avec un garçon.

– Ce n'est pas bien méchant.

– Elle nous a couru après. Mais quand elle nous a rattrapées elle a bien vu qu'on n'avait plus nos culottes. »

Onzième partie
ET VIVE LA VIE !

I

La plante verte

« MONSIEUR LE PRÉSIDENT, ce que vous me permettez de dire ici pour ma défense, personne ne pourra le comprendre, même pas madame mon avocate, et je ne me sens pas en droit de vous en faire des reproches. Vous avez le métier de juger les vivants et non les morts, du moins ceux que l'homme de la rue appelle encore des morts.

Je suis infirmier dans un service de réanimation où personne ne sait trop où s'arrête la vie et où la décomposition commence, où notre angoisse de soignants est telle que nous ne voulons plus connaître des malades, mais seulement des maladies, où nous avons l'impression, chaque nuit, d'être les gardiens de condamnés otages de leurs médecins.

C'est contre la mort qu'on se bat sans guère d'espoir, à coups de machines qui sifflent, sonnent et brillent, branchées sur des corps dont certains tressaillent encore, par réflexe dit-on, quand passe la sirène d'une ambulance.

Quand certains sortent du coma, c'est pour renaître à des angoisses que nous ne soupçonnons pas, des angoisses d'outre-tombe. Ils ont les yeux gelés d'horreur car pour les accueillir à leur sortie d'enfer, ils ne trouvent que des médecins qui parlent d'eux mais de très loin, des techniciens, des magiciens fous qui presque toujours ici, vont rater leur coup.

Je me souviens, si vous le permettez, d'un jeune accidenté inerte et muet, une « plante verte » comme nous les appelons entre nous. Il s'est soudain mis à chantonner après quinze jours de totale inconscience, quand le soleil a atteint son lit.

Allez-vous me juger pour ce que j'ai fait à une jeune morte, ou à une vivante ? Quelle question, monsieur le président, et qui pourrait y répondre si ce n'est moi ?

Depuis le jour où j'ai vu entrer dans le service ce « coma barbiturique » qu'un désespoir mortel avait poussé là, ma réponse fut toujours la même. Elle était vivante puisque je m'étais mis à l'aimer.

Si ce genre d'amour peut vous paraître indéfendable, il l'est aussi pour moi, mais je n'y peux rien. Depuis le premier instant je n'ai pu m'en défendre. Bien sûr, l'homme de la rue va me dire : en coma profond, elle ne pouvait en rien répondre à mes sentiments.

Comme tout cela semble simple dès qu'on a repassé le sas stérile d'un service, et comme je vous comprends de refuser de plonger avec moi dans l'enfer, et de vous en tenir à vos lois.

Mais si votre justice était, comment dire, une sagesse, elle devrait prendre en compte cette photo qu'on n'a pas osé m'enlever et qui me brûle.

Coma profond, dites-vous ? Qu'est-ce que ça signifie pour ceux qui y sont plongés ? Quel monde inimaginable traîne encore dans leur tête ? Quel délire de vie que le moindre bruit, le moindre contact, peut relancer ou apaiser ?

Quand on l'a étendue sur sa cage d'acier à deux heures du matin, j'étais encore un infirmier de nuit, de ceux qui ont réussi, à la longue, à se croire indifférents devant ces chairs qui traînent entre deux machines et qu'on appelle ici tentatives d'autolyse, trauma crânien irréversible, avec électro plat.

Oui, j'étais encore cet infirmier normal qui, à peine repassé le sas stérile, fait des plaisanteries grivoises, esquisse un pas de danse, pince une collègue et lit le *Canard enchaîné* pour rejeter au loin son horreur.

Dans quel état seriez-vous au matin, monsieur le président, si vous aviez jugé dix morts dans votre nuit pendant des années, avec des machines qui feraient et déferaient vos lois à coups d'écrans et de sonneries d'alerte quand l'innocent serait condamné ?

Quand j'ai déshabillé mon coma barbiturique, j'ai découvert le corps d'une blonde que chacun rêverait de trouver à l'abandon sur une plage, un visage que n'importe qui voudrait voir, à son réveil, sur l'oreiller.

Ce jeune corps n'était plus un être humain mais un Memling ou un Botticelli, une transparence. Me suis-je fait comprendre ?

Étais-je tellement plus coupable, en relevant ses draps chaque nuit pour la contempler nue, que le gardien de musée qui, au lieu de terminer sa ronde, rêve assis devant une vierge à couronne de lys ? Seule la beauté m'a fait survivre dans l'enfer froid de ce métier. Je n'y peux rien.

À caresser longuement ce corps inerte de femme, je pourrais être pris pour un salopard par la famille. Mais qui peut affirmer que mes caresses n'étaient pas son seul refuge dans sa nuit ? Qui me dira qu'elles ne faisaient pas fuir ses monstres, qui me le dira en risquant la prison s'il se trompe et si c'est moi qui ai raison ?

Maintenant je suis sûr que ma main attardée sur la tiédeur de sa gorge était son seul moment de paix. Mais voilà qu'on m'appelle voyeur, voyou convaincu d'attentat à la pudeur, aggravé par l'impossibilité de la fille à se défendre. J'aurais donc bafoué tous les devoirs de mon métier avec ces caresses ?

Oui, j'ai connu ce doute et aussi cette honte. J'ai même pris du congé pour y échapper, mais je suis vite revenu dans le service quand mes collègues m'ont appris que l'état de ma comateuse s'était subitement aggravé dès ma première nuit d'absence. L'enfant au ventre de sa mère ne sait rien dire ni faire, mais dès que la naissance l'en sépare, il le sait. Quels cris d'horreur il pousse alors !

Oui, j'ai caressé tout ce corps, faute de savoir ce qui en elle était encore sensible et quels étaient les lieux où ma main était attendue. Nuit après nuit, nous avons cessé d'être homme et femme pour devenir des personnages d'un même tableau qui perdraient tout si un coup de ciseau les séparait.

En mon âme et conscience, je n'ai jamais été cet infirmier indigne qui, à chaque garde, abuse du corps d'une jeune fille pour satisfaire ses fantasmes. Tous mes collègues vous ont dit que je me comporte avec les femmes en homme normal, certains même ont parlé d'élégance. Rien dans mon passé ne traîne, qui pourrait être douteux.

Ainsi, ma compagne inanimée, devant la mort, a cessé d'être femme pour devenir La Femme, et j'ai fini par croire qu'elle était mienne. Chaque nuit, je la lavai avec amour, la maquillai et changeai souvent sa coiffure. Je me souviens encore, après l'avoir parfumée, de l'avoir embrassée pudiquement sur les lèvres puis sur tout le corps. J'étais homme, bien sûr, et ne le cache pas, mais malheureusement bien plus, sinon je me serais moi aussi suicidé.

J'ai fini par être sûr que sans voix, sans regard et sans geste, elle s'abandonnait intérieurement à moi comme un enfant qui aime.

Vous savez, car je l'ai dit, qu'elle et moi sommes allés jusqu'au bout. L'irrémédiable, nous l'avons fait. J'entends encore les cris de la foule à ma sortie du tribunal après le premier jugement. Ces malheureux sauront-ils jamais combien notre amour peut dépasser paisiblement leur haine ? Combien de ceux qui me huaient venaient-ils de violer très légalement leur femme, leur maîtresse ?

La dernière nuit, oui j'ai pris cette jeune inconnue, monsieur le président, et rien ni personne ne m'obligeait à m'en accuser. Comme rien ni personne ne vous oblige à croire qu'elle a ouvert les yeux, que j'y ai vu une telle gratitude, une telle supplication, qu'après avoir mis hors circuit nos alertes, je l'ai débarrassée de ses tubes pour laisser dignement venir sa mort après l'amour. Jugez-moi selon votre conscience, mais sachez que dans la mienne ne seront jamais ni le crime ni le viol.

Je ne me situe pas au-dessus des lois, monsieur le président, mais au-delà. Entre ces machines, nous étions dans un monde qui vous est inconnu. Un ailleurs que je ne souhaite pas à votre propre fille. Elle ne trouverait pas sans doute un homme assez déraisonnable pour partager avec elle cet étrange amour, cette honte, et sans doute la prison.

Je crois avoir tout dit. Le reste sera pour l'autre monde où j'espère qu'elle m'attend pour m'aimer, en ce jour du Jugement où vous ne serez pas.

II

Naissance

FÉLIX AVAIT SEPT ANS quand on le confia à la voisine. C'est le moment qu'elle choisit pour s'étendre, grelottant, sur la plaque encore tiède de la cheminée pour y accoucher. Le sang trempait sa robe quand Félix entendit le cri. Il n'y avait pourtant personne l'instant d'avant dans cette cuisine. La femme lui demanda d'aller dans l'armoire chercher le fil à gigot et les ciseaux, puis elle retroussa sa robe. Un être horrible s'agitait là en hurlant. Un long serpent bleu s'échappait de son ventre pour rejoindre sa mère. Elle lui demanda de faire deux nœuds dans cette corde visqueuse et de couper entre les deux. Puis il fallut, dans une serviette, poser le paquet sur le lit.

Le curé arriva enfin, ô délivrance ! « Vois-tu, Félix, dit-il, entre l'homme et la bête la seule différence, c'est le baptême. » Et il s'y attaqua, joignant les mains et psalmodiant. L'affaire accomplie et le curé parti, Félix se glissa tout près du nouveau-né.

Il souleva doucement les langes, mais entre l'avant et l'après baptême il ne trouva guère de différence.

III

Les reins et les cœurs

TOUTE LA VIE RÉELLE est dans ces suppliques exposées à tous vents et données à lire à n'importe quel passant dans l'espoir que ce prochain entende sa misère, ses espoirs fous inavoués, la profondeur de ses amours, et parfois même l'humour de Dieu ? Ces vœux sincères peuvent faire sourire mais ne sont pas à mépriser. Nous sommes tous du même bois mais n'osons pas le divulguer, comme l'ont fait en désespoir de cause ces anonymes.

*

« Faites qu'on gagne au loto. On en a marre de travailler huit heures par jour ! »

*

« Seigneur, donne-moi envie d'étudier ! »

*

« Pourquoi la jeunesse est-elle si désorientée ? Pourquoi suis-je si désorienté ? Peut-être parce que je ne crois en rien ? Même pas en moi-même ? »

*

« Faites que Christophe ne casse pas. »

*

« Seigneur, faites-moi un beau bébé ! »

*

« Je t'en prie, Seigneur, fais que je sorte avec des filles et qu'elles m'aiment. Merci d'avance. »

*

« Faites que J.-P. vienne dimanche avec sa voiture, qu'il amène l'argent, la cocotte et la bouffe. Merci d'avance. »

*

« Notre-Dame, faites qu'il fasse beau. »

*

« À trop vous dire que les enfants meurent dans les pays sous-développés

À trop vous dire que les torturés souffrent quelque part dans les prisons

À trop prier pour vous et votre petit monde

Regardez-vous un peu en face et réfléchissez, car tous vos racontars et vos si bons sentiments périssent peu de temps après en face d'une bonne table et d'un si bon vin. Merci. »

*

« Faites Seigneur que tout le monde vote le candidat de l'opposition (de gauche). »

*

« Seigneur, donne-nous du travail. »

*

« Aidez l'homme que j'aime, même s'il ne m'aime pas, et rendez-le heureux. »

*

« La religion est l'opium du peuple disait Karl Marx.

(Et cette réponse) Chacun s'empoisonne avec ce qu'il veut. Vous avec certains partis, nous avec la religion. »

*

« Sainte Mère de Dieu, faites que ma démarche auprès du procureur me remporte le procès. Je compte aller vous prier à Lourdes prochainement. »

*

« Aide-moi à ne plus mentir. Merci. »

*

« Veillé Jésus m'ecsocscer. »

*

« Que tout le monde entier se rassemble autour de moi pour vous prier. »

*

« Je ne suis ni sûre de ton amour ni forte de ma foi et pourtant je te prie. »

*

« Accordez-moi un peu plus de chance. »

*

« Assurez l'avenir spirituel et matériel dans ma famille par le règlement de la succession. »

*

« À trop haïr
À trop renier
À trop se dire ;
Ce monde est con
Faudrait pas oublier
Ce qu'il a de bleu
Même si c'est si peu.
Si peu… »

*

« Aidez-moi à gagner un peu d'argent, que j'en ai tant besoin ! »

*

« Aidez-moi à récupérer l'argent des chevaux. »

*

« Protégez-nous de notre famille. »

*

« Faites que Sabine sorte avec Christian et Marie avec Philippe et pas le contraire. »

*

« Protège les pauvres et ceux qui ont faim et qui n'ont pas de famille comme moi j'ai. »

*

« Faites que je sorte avec lui. »

*

« Aidez-moi à être moins timide, comme ma sœur. »

*

« Rendez-moi plus fidèle, avec la grâce de la bienheureuse Vierge. »

*

« Redonnez la santé au compagnon de ma vie. Il croit en vous mais il est faible. »

*

« Pardonnez les péchés de ma fille. »

*

« Faites que R.-M. sorte avec son examen et qu'elle ne soit pas enceinte. »

*

« Faites que je réussisse mes examens de faim (sic !) d'année et que je perde du poids. »

*

« Mon fils voudrait faire du commerce. Alors, gardez-le sur la bonne voie. »

*

« Faites que son mari lui fasse tout ce qu'il lui a promis. »

*

« Merci Seigneur de m'aider contre mon cancer. Je n'ai que vingt et un ans. »

*

« Merci mon Dieu d'avoir entendu mes prières, mais ce n'est pas fini ! »

*

« Priez pour nous et aidez les autres. »

*

« Retrouvez-moi Marc. Il ne sera pas grondé. »

*

« Mon Dieu, pardonnez-moi de me pécher. »

IV

Le robinet

CETTE INCROYABLE HISTOIRE s'est passée dans la région de Carthagène. L'ingénieur général d'Air Liquide qui me l'a racontée était un vieil ami nommé Juan March, mort il y a deux ans, fils d'un modeste forgeron anarchiste de Cervia de Ter, en Catalogne.

Juanco Saboredo marchait devant son âne, mais sur ce désert osseux de Carthagène, on aurait plutôt dit que le soleil poussait un âne qui poussait lui-même son patron. Ni l'un ni l'autre ne regardaient devant ou derrière, mais vers la flaque d'eau qu'on appelait autrefois source. Soudain, le vieux s'arrêta net et l'âne donna de la tête contre ses reins. Juanco venait de mettre sa main en visière pour être sûr que le soleil ne le trompait pas. Près de sa source, deux hommes plantaient un piquet blanc. Il força l'allure.

« Qu'est-ce que vous faites ?

– Le piquetage de la conduite.

– Qu'est-ce que c'est, votre conduite ?

– Un gros tuyau pour l'usine d'Air Liquide qu'ils vont construire plus bas.

– Qu'est-ce qui passera dans la conduite ?

– De l'eau, bien sûr. »

Juanco sourit.

« De l'eau ? Mais d'où elle viendra, votre eau ?

– De la montagne.

– Et où elle passera ?

– Sous terre. »

Juanco ne dormit pas de la nuit. Avec cette tranchée, ç'en était fini de sa source. Elle avait déjà tellement de peine à remonter du fond des cailloux ! Il fallait dire à ces gens qu'on ne doit pas faire ça, que c'était la seule eau du désert, et les autres comprendraient.

Une semaine après, toujours poussé par son âne, Juanco rencontra un homme en chemise blanche qui rôdait autour de la source, sous un parasol.

« Vous aussi, vous êtes de la conduite ?

– Je suis l'ingénieur.

– La conduite c'est bien, mais vous avez pensé à ma source ?

– Tu en trouveras une autre.

– Mais il n'y en a pas d'autre.

– Désolé, ce n'est pas notre affaire. Dans une semaine, la tranchée sera ici. »

Quand Juanco revint, la semaine après, attiré par un fracas de ferraille, un engin avait déjà défoncé le coteau. Adieu, la source. Il dit aux ouvriers :

« Et mon âne ? Vous avez pensé à mon âne ?

– Ton âne, paysan ? Vends-le !

– Mais j'en ai besoin !

– Alors, un conseil, pépé. Va voir le grand patron d'Air Liquide et dis-lui de te mettre un petit robinet sur sa grosse conduite.

– Un tout joli en cuivre, ajouta un jeune, en s'appuyant du menton sur sa pelle.

– Un qui brillera au soleil. Tu pourras même le laisser couler toute la journée et même la nuit.

– Ca peut se faire ?

– Puisqu'on te le dit ! Avec le grand patron, tout peut se faire. »

Et l'équipe au complet partit d'un grand éclat de rire.

Les fameux tuyaux arrivèrent quelques jours après. Ils étaient si gros que le chien du berger aurait pu y courir.

Juanco réfléchit. Après tout, ce contremaître avait peut-être raison ? Puisqu'on lui enlevait sa source, il fallait bien qu'on lui donne ce robinet. Au fond, s'il coulait bien, ce serait même mieux qu'une méchante flaque d'eau.

Il en parla à l'équipe des soudeurs. Voir le président-directeur général ? Rien de plus facile ! Ils allaient se charger eux-mêmes de prendre rendez-vous, et pas plus tard que demain puisque dans deux jours aurait lieu l'inauguration.

« Qu'est-ce que c'est, l'inauguration ?

– C'est quand les gens ont besoin qu'on voit que c'est fini.

– Ca tombe bien, dit Juanco. J'irai. »

Deux jours après, avant l'aube, Juanco enfourchait son âne et suivait la tranchée. Elle finirait bien par le mener à cette usine ? Mais elle était sacrément au diable, l'usine ! Juanco dut trotter plus de deux heures pour voir enfin au loin ce monstre vert et bleu, bardé de grilles de fer, où des gens habillés de rouge comme des démons couraient en rats empoisonnés. Il en arrêta un pour lui demander où était ce fameux directeur qui l'attendait.

« C'est pas le bon jour, vieil homme. Le grand patron de Madrid vient inaugurer.

– Mais j'ai marché deux bonnes heures et on m'a dit : “Tu peux venir.”

– Qui te l'a dit ?

– D'autres, là-bas, sous la montagne.

– Que veux-tu au directeur ?

– Un robinet. Juste un robinet.

– Un robinet ! Attends là, je vais dire au patron que tu veux un robinet. »

L'ouvrier passa entre les tables chargées de vin et de gâteaux. Il monta sur l'estrade et dit :

« Monsieur l'ingénieur, un vieux vous demande.

– Ce n'est pas le jour.

– Un vieux et son âne. Ils veulent absolument voir le patron.

– Mais je le connais ! C'est l'homme au robinet ! »

L'ingénieur se pencha vers le directeur.

« Antonio, tu vois ce vieux devant la porte ? Ce vieux avec un âne ? Il insiste pour voir le grand patron.

– C'est l'âne qui insiste ? »

L'ingénieur sourit :

« C'est pour un grave problème de robinet.

– Madona ! Un robinet ! Mais fais-le venir. Le grand chef nous fait la gueule depuis qu'il est arrivé de Madrid. Ce vieux va le décoincer ! »

Et Juanco passa entre les tables, avec l'œil fixe d'un crapaud égaré sur une terrasse. L'âne se contenta de renifler vers les salades, et de battre l'air de sa queue pour montrer qu'il n'était pas heureux dans cette foule.

« Monsieur le président-directeur général, je vous présente notre voisin, qui vient nous faire une visite de courtoisie. Si nous lui portions un toast ?

– Portez-le vous-même. »

Le directeur leva son verre dans un tonnerre d'applaudissements si puissant que l'âne se mit à ruer.

Cette fois, le vieux comprit que tous se moquaient de lui. Il baissa la tête et se mit à pleurer sans rien dire. Le grand P.-D.G se leva.

« Qu'est-ce que tu veux, vieil homme ? »

Juanco baissa la tête encore plus bas.

« D'abord, comment t'appelles-tu ? »

Tiens ? On lui demandait son nom. C'était déjà mieux.

« Mon nom est Juanco de Saboredo.

– Et l'âne, cria l'ingénieur, comme s'appelle l'âne ?

– Mon âne, c'est Conio.

– Dépêchez-vous de dire à notre P.-D.G ce que vous voulez, l'âne et toi.

– J'avais une source. Juste assez pour lui et pour moi. Elle est morte, avec votre tranchée. Si on n'a plus d'eau, on va crever tous les deux. Vous trouvez ça drôle ? »

Il osa regarder le grand patron en face :

« L'âne et moi, on n'est pas des bêtes ! »

Un fou rire fit vibrer les tôles du hangar.

« D'où veux-tu que nous sortions de l'eau, fit le grand patron.

– Il y en a plein votre conduite, à ce qu'on m'a dit. Vous ne savez pas ce que c'est, l'eau. Vous n'êtes pas né dans le désert. Si vous mettiez seulement un petit robinet. Je ne suis pas un pillard ni un voleur. De l'eau, il vous en restera bien assez pour faire boire vos machines.

– Eh bien, dit le directeur, portons un autre toast au robinet et que Juanco trinque avec nous. »

Il tendit une coupe vers Juanco.

« Une autre coupe pour Conio, cria une voix au fond de la salle.

– Vous vous moquez de moi, dit Juanco, ce n'est pas digne de gens instruits. »

Décidément, l'affaire tournait de plus en plus mal. Le directeur se pencha vers son P.-D. G.

« Qu'est-ce qu'on en fait ? C'est bientôt l'heure. L'alcade va arriver…

– Qu'on passe au vote pour son robinet.

– Ah, ah ! Excellente sortie ! Messieurs, nous sommes aujourd'hui au plus haut niveau et le quorum est largement réuni ! Je vous propose donc, à la demande de monsieur le président-directeur général, que lèvent la main ceux qui sont pour la pose d'un robinet sur la conduite d'alimentation générale de l'usine, au milieu du champ de ce Don Juanco de Saboredo… »

Juanco se retourna vers l'assemblée. S'il pouvait y en a voir un, seulement un qui lève la main et il partirait sans trop de honte. Mais pas un ne bougeait. Ils souriaient tous d'un air entendu..

Mais qu'est-ce qui se passait ? Voilà que, soudain, ils en faisaient une tête !

Juanco se retourne vers l'estrade. Il en laisse tomber sa longe. Un seul vient de lever la main. Leur grand patron ! Et lui n'a pas l'air de rire ! Il regarde ses gens, l'œil mauvais et les mâchoires serrées par la fureur.

« Messieurs, dois-je me considérer comme mis en minorité ? »

Les choses, décidément, tournaient à la catastrophe. Mais que faire ? Le directeur hésita, puis il leva aussi la main, puis l'ingénieur, puis toute la salle. On aurait entendu une mouche se poser sur l'âne.

« Alors, Juanco, fit le grand patron, cette fois tu es content ? Maintenant dégage, et vite, si tu ne veux pas voir un homme vraiment en colère ! »

Le vieux ne demanda pas son reste. Mais arrivé près de la grille, sa curiosité l'emporta sur la peur. Il attacha son âne pour revenir doucement. Il se glissa derrière le hangar et regarda entre les tôles.

Le grand patron, c'est vrai, n'était pas beau à voir. Il était rouge de rage et frappait à deux poings sur sa table. Il ne criait pas. Il hurlait. Jamais Juanco n'aurait cru qu'un monsieur en cravate puisse gueuler si fort. Et en catalan !

Ce n'était pas le moment de traîner dans l'usine. Le discours fini, la police se mettrait de la partie. Il revint chez lui par les sentiers de montagne les plus détournés et se terra dans sa masure deux jours entiers, jusqu'à ce que l'âne prenne une mine de prêt-à-crever.

À peine sortie, la bête reprit le vieux chemin de la source. Rien à l'endroit où elle coulait. Rien ? Mais si ! un gros robinet de cuivre et une auge en tôle. Encore une moquerie ? Mais, à peine ouvert, l'eau jaillit. Quand l'âne eut fini de boire, Juanco mit sa tête sous l'eau. Bon dieu, qu'elle était bonne et fraîche !

Sur le chemin de sa cabane, Juanco était comme un enfant. Une chanson lui échappa, mais elle s'arrêta net.

Devant sa porte, une Jeep attendait. Se cacher n'aurait servi à rien. Juanco, lentement, approcha jusqu'à en voir surgir son coléreux Madrilène. Il n'était guère plus avenant qu'à l'usine quand il grogna:

« Salut.

– Salut.

– Elle te va, « ma » source ?

– Un peu fraîche, mais on s'y fera. »

Juanco hésita un bon bout de temps avant d'oser souffler :

« L'autre soir, pourquoi n'as-tu pas ri après moi, comme les autres ?

– Mon grand-père avait un âne.

– Un seul ?

– Un seul, et pas plus vaillant que ton bourricot.

– Vaillant ou pas, quand on n'en a plus qu'un, s'il crève, on n'a plus rien…

– C'est ce qu'il nous disait.

– Alors, ton grand-père, c'était un honnête homme ?

– Je le crois.

– Alors, tu l'es peut-être aussi ?

– Peut-être… »

Et pour une fois, l'homme de Madrid se mit à rire.

V

L'œuf

MARIA ÉTAIT DE CELLES que la vie abandonne sans âge et presque sans passé, comme ces objets tombés dans le fleuve. Elle survivait justement au bord de la Garonne où un vagabond en mourant lui avait laissé, appuyé aux piliers d'acacia qui soutiennent l'hôtel-Dieu, sa cabane de planches recouverte de roseaux.

La rive étant dominée par le quartier riche, Maria n'avait pas trop de peine à survivre avec les restes des restaurants. Elle était bien la seule ici à souper au foie gras tout en s'inquiétant de ce qui pourrait la nourrir le lendemain.

Sa vie passait comme le fleuve, lente et faussement indifférente, pleine de remous profonds aussitôt passés qu'apparus. Celui qui aurait connu cette vie, comme celui qui aurait vu la source lointaine des eaux, en serait resté incrédule. Maria n'avait pas toujours été pauvre, comme les eaux qui passaient devant sa cabane n'avaient pas toujours été boueuses. Elle avait même vécu avec la frivolité d'une source pendant les premières années de son mariage. Mais dans l'Espagne de ce temps-là, ne pas être mère était pour une femme la pire des malédictions. Son ventre, certainement, refusait l'enfant, car le diable lui-même s'y était niché pour contrarier la nature.

Le mari ne l'avait pas jetée dehors, mais il lui avait mené la vie dure et comme elle l'aimait encore et qu'elle avait tellement honte de ne pas être capable de lui donner ce qu'il attendait, elle était partie d'elle-même un soir d'été pour s'enfuir loin, très loin au bord de ce fleuve où on ne la retrouverait pas.

Ici, chacun la respectait. D'un pauvre respect bien sûr, mais quand même… Tous sentaient en elle un mystère qui la faisait parler avec des mots très riches alors qu'elle portait en toute autre occasion sa misère.

Son temps passait ainsi ou plutôt il aurait dû passer si le fleuve ne lui avait fait, lors d'un débordement, un cadeau inattendu. Les eaux, parmi d'autres épaves, avaient déposé sur la rive une cage d'osier et dans cette cage un oiseau blanc qui ne s'était pas noyé. Une colombe.

Elle l'avait lavée comme une petite sœur, une petite sœur dont elle avait tout de suite rêvé qu'elle lui donnerait un œuf. Bien sûr, il ne faudrait pas attendre des miracles, pas plus qu'elle-même n'en avait espérés quand, après cinq ans de mariage, elle avait été déclarée épouse inféconde. Mais pour sa colombe au moins, il suffirait de trouver un compagnon de cage, celui auquel Maria elle-même avait renoncé.

Renoncé à l'homme et à l'amour mais non à la cage. Qu'était donc sa cabane sinon une prison de planches fermée d'un côté par les flots et de l'autre par la richesse des nantis ?

Elle devrait oser sortir de sa solitude pour trouver une colombe mâle. Mais où ? Qui voudrait, quand vous n'êtes rien, vous donner un oiseau ou simplement vous dire où vous le trouverez ? Maria ne pouvait quitter ses rives sans éveiller les soupçons de la police. Une femme seule et vêtue comme une bohémienne, sans papiers et sans domicile, ne pouvait passer dans les quartiers du haut que pour une voleuse ou une prostituée.

Les seuls endroits où on ne la remarquerait pas étaient les lieux de sa misère : petits marchés et brocantes à quatre sous. Mais ces gens-là ne vendent pas de colombes !

Puis un jour, que vit-elle sur le marché ? Un oiseleur ! Elle ne sut pas cacher sa joie et l'homme, comme on dit, « la vit venir ». Il lui demanda pour prix de l'oiseau plus d'argent qu'elle n'en avait. Elle allait repartir tristement quand l'autre l'arrêta :

« Tu peux revenir. Je viendrai ici tous les deux mois. »

Et Maria se mit à voler les pêcheurs. Quand, las de ne rien prendre ils allaient au café, il leur arrivait d'oublier la veste ou le sac. Elle leur « emprunta » un peu d'argent. Juste assez pour qu'ils ne s'en rendent pas compte, juste assez pour payer l'oiseau.

Deux mois après, quand elle revit l'oiseleur, il lui dit que le prix des colombes avait augmenté comme celui des grains pour les nourrir. Deux mois encore et elle revenait avec la somme quand un homme âgé lui barra le passage.

« Suis-moi. Je dois te dire des choses.

– Moi je n'ai rien à vous dire.

– Moi, si.

– Vous pouvez me parler ici.

– Il faut qu'on s'éloigne de ce marché. C'est au sujet de l'oiseau.

– Mais je ne vous connais pas ! »

L'homme sourit.

« Personne ne me connaît. »

Ce vieillard ne semblait pas riche mais il avait dans les yeux plus que de la gentillesse : une sorte de lueur claire. Maria le suivit sur un banc.

« Qu'est-ce que vous voulez à mon oiseau ?

– Que tu ne l'achètes pas. Il sera mort demain.

– Mais non ! Je le soignerai bien.

– L'oiseleur est un homme de mal, et tu ne sais pas les reconnaître parce que tu es toi. Avant de te donner ta colombe, il enfoncera son ongle sous sa gorge. Sur le moment, tu ne verras rien, mais le temps de rentrer chez toi, ton oiseau étouffera et il mourra. Cet oiseleur sait que les gens reviennent acheter le même oiseau parce qu'ils croient que le premier est mort de leur faute.

– Pourquoi me dites-vous cela ?

– Parce que tu mérites mieux que de voler mes pêcheurs. Tu mérites même mieux que ta vie. Maintenant va et ne me demande plus rien. »

Maria n'acheta pas l'oiseau quand elle vit que le vieux n'avait pas menti. L'oiseleur avait laissé pousser un ongle très long à l'index.

Elle revint chez elle pour continuer à vivre comme elle l'avait fait au bord du fleuve qui coulait toujours le long du temps, et la colombe aussi vieillit seule dans sa cage d'osier.

Et tout aurait pu continuer ainsi quand survint un petit événement insignifiant pour tout autre que Maria, mais qui la bouleversa.

Sa colombe, un soir, pondit un œuf et le lendemain elle était froide.

Maria enterra l'oiseau devant chez elle dans sa cage. Puis elle prit délicatement l'œuf, le posa sur le fleuve et, un sourire aux lèvres, elle le regarda s'éloigner, car tout enfin était accompli.

VI

Douce nuit en enfer

On nommait « Refuge d'Enfer » ce qui n'avait rien d'un refuge et le coin rien d'un enfer alors qu'il aurait transporté aux anges le moindre marcheur.

Aspirant guide, j'étais souvent dans ce coin pour mener des amis ou des groupes d'étudiants. Ça criait, riait et plaisantait comme en pleine ville. Tant pis. Pour moi, il s'agissait de les hisser sur le sommet convenu et de les ramener en bon état, si possible heureux de leur course.

J'étais, avant la lettre, dans cette catégorie dénommée actuellement animateur de haute montagne, mais je travaillais gratuitement et j'allais si loin dans le caritatif que je payais ma propre nourriture. Je menais ces balades sympathiques sans la moindre illusion sur les suites et j'étais dans l'erreur. Deux de ces jeunes allaient devenir guides. Des vrais. Pour moi, je « faisais de la montagne», comme on dit, avec l'impression que la montagne se faisait à moi par chaussettes rouges, lunettes de neige et carte d'état-major interposées.

J'ignorais encore qu'une autre montagne avec d'autres sentiers m'attendait très loin, en Asie. J'ignorais encore qu'en solitaire la montagne était autre. Je ne savais pas encore qu'il y a deux silences. Celui d'en bas, simple manque de bruit, et celui d'en haut, peuplé de rumeurs minuscules. Celles qui tissent un vrai silence.

Principal acteur, le vent. On entend les herbes plier silencieusement, les glaciers craquer par surprise, timidement inattendus. On n'a pas eu le temps de savoir où la faille s'est produite que le vide reprend. Mais lui aussi accouche d'un silence inquiétant qui semble envahir le ciel et poursuivre son chemin vers l'autre vide du cosmos.

Tous ces silences réservés à l'homme seul s'entendent bien, si j'ose dire, pour préparer leur nuit, la border sous son crépuscule. L'accomplir.

Et soudain annoncée par un battement d'aile, la première étoile. Jalouse et toujours la même. On la dit du Berger. Berger ou pas, pour la voir il faut être en solitude. Qu'elle soit un monstre glacé n'importe pas plus que le diamant des fiançailles n'est résultat de pressions inimaginables. L'étoile du Berger est la propriété privée de l'homme, son diamant de solitude.

Vient la lune soudaine. Amoureuse du noir et blanc, complice des torrents et cascades dont elle compose des colliers secoués entre les rochers. Elle est censée porter fortune, comme il est dit dans la chanson. Mais près du refuge, elle se contente d'envelopper le silence d'un voile blanc et de tailler à même les rocs de grandes balafres. La vallée est en bas, rangée dans un oubli où des phares font des trajets sans importance. Le seul monde vivant est ici parmi les rhododendrons aux modestes odeurs acides auxquelles des immortelles le disputent en discrétion.

La nuit installée, le soir peut s'endormir. Rien ne bougera plus jusqu'à l'aube, sauf quelque chute de pierres bousculées par un animal qui cherche encore la mort d'un autre.

Il ne reste qu'à refermer la porte de cette « Cabane d'enfer », avec l'étrange sensation d'enfermer la nuit dehors, pour qui en voudrait, jusqu'au viol de l'aube.

VII

Charivari

Mais quittons ce lieu de paix pour une tradition locale elle aussi demandant un profond silence. La coutume, qui semble malheureusement se perdre peu à peu, voulait qu'au cours de la nuit qui précède le premier mai, liberté soit donnée de bafouer quelques lois sans risque de sanction. Ce genre de défoulement se pratique partout dans le monde où une journée lui est dédiée. C'est ainsi, je crois, qu'à Naples on désigne comme Momo une commère du petit peuple, une forte en gueule. On la hisse sur un trône et on la porte dans la ville au-dessus de la foule où tout ce qu'elle peut crier contre les notables riches et autres politiques ne doit jamais être sanctionné. On rend même hommage à cette Momo et on la gâte avec des petits cadeaux.

Je m'étais emparé de cette histoire pour ma pièce *Le Rêve du rat* qui fut jouée à Paris, au Grand Hall Montorgueuil, et également sur les places de divers villages et villes en France, y compris dans notre canton, sur la placette d'Argut-Dessus.

Ces débordements d'un jour sont en général tolérés dans les pays démocratiques et interdits dans les régimes durs qui s'en méfient comme de la peste. Ils sont de plus en plus détournés par un commerce genre Halloween, car l'argent au pouvoir, comme les dictatures, déteste les fêtes non rentables.

Dans mon village du Comminges, la plupart des municipalités ferment les yeux sur les déménagements qui ont lieu cette nuit. Tout ce que les étourdis laissent traîner hors des maisons est récupéré par les jeunes et transporté sur la grand-place. Les gens vont récupérer le lendemain leurs bancs, pots de fleurs et volets sous les yeux des jeunes, sans trop de grise mine parce qu'ils en ont fait jadis autant, y compris parfois monsieur le maire et son conseil municipal. Pour moi, sachant que de toute façon les jeunes trouveraient quelque chose à récupérer dans mon jardin, je prenais soin de laisser traîner une remorque. Elle partait sur la place, bien entendu, avec le reste. Mais le lendemain je l'y retrouvais et je n'avais plus qu'à la charger. Quant à la maréchaussée, étrangement, elle faisait sa ronde cette nuit-là en tous les lieux où les jeunes ne seraient pas.

Bien sûr, il pouvait arriver qu'on frôle de près le mauvais goût. Quand, par exemple, escaladant les murs du couvent, les adolescents avaient raflé les sous-vêtements des bonnes sœurs qui séchaient (caleçons à l'ancienne compris) pour en habiller la grande statue du Christ qui trône au carrefour. Il y avait l'indignation officielle à cette atteinte à l'église – mais une culotte de bonne sœur est-elle un objet sacré sur un fil ? – et la franche rigolade officieuse. Les sœurs ne montaient pas au Christ avec une échelle pour récupérer leurs apparats mais en laissaient le soin aux employés municipaux, et c'est dommage. Elles auraient eu un franc succès.

Une autre fois, un vieux maire ronchon et réactionnaire se mêla d'interdire ce premier mai et de prévoir des amendes. Mal lui en prit. L'objet déménagé fut un grand panneau de sens interdit qu'il retrouva scellé dans du béton entre les piles de son portail avec impossibilité de sortir sa voiture ce jour-là pour aller boire son petit noir au bistrot du coin. Là encore, personne ne dénonça personne.

Mais les jeunes firent encore plus fort. Un paysan mauvais coucheur se plaignait que tous les ans son tombereau soit raflé en cette fameuse nuit, où qu'il le cache, ce qui l'obligeait le lendemain à atteler sa vache pour remonter la carriole dans sa grange, il décida que cette plaisanterie avait assez duré. Pour empêcher le rapt, il dormirait dans sa charrette. Le moindre bruit, le moindre mouvement de roues l'éveillerait et on verrait ce qu'on verrait.

On l'espionna et on décida de ce stratagème : les plus costauds monteraient en douceur et quand l'homme dormirait à poings fermés, ils ne feraient pas rouler la carriole mais à tous la soulèveraient doucement. Ce qu'ils firent. Elle fut ensuite portée dans le plus profond silence jusqu'en haut de la pente qui mène au village. Puis, soudain, on reposa l'engin. On s'attela au timon pour contrôler le trajet et descendre la côte à toute allure en poussant des cris sauvages. Ouvraient la marche deux clairons qui sonnaient la charge. Le paysan pouvait toujours brailler…

Quand l'homme abandonné sur la place sauta du tombereau tout le monde avait décampé dans l'obscurité. Il porta plainte et l'on fit une enquête d'où l'on conclut que personne n'avait rien vu, rien entendu et que tout le monde, au moment du drame, était au fond de son lit.

VIII

L'histoire du colporteur

Ce pays, je l'ai connu il y a cinquante ans, quand je posai ma plaque de médecin, pour traîner dans ses villages pauvres aux maigres troupeaux. Bien d'autres vallées de montagne comme celle des Alpes nommée Queyras, sa sœur jumelle, n'était pas mieux pourvue et avait les mêmes problèmes. Chacun cherchait un moyen pour survivre.

La pauvreté était, en ce temps-là, la première marche vers l'exil. Il fallait chercher fortune ailleurs, et ceux qui partaient ne le faisaient jamais le cœur joyeux, mais contraints et forcés par la misère. On allait chercher l'argent là où on pensait le trouver. Parfois, on avait la chance de partir avec un vrai métier mais la plupart du temps on l'inventait en route. C'est ainsi que ce pays de Comminges a été celui des colporteurs et j'en ai bien connu un des derniers, revenu au pays. Il m'a ainsi conté son histoire.

« On était si pauvres qu'un beau jour mon père m'a dit d'aller tenter ma chance ailleurs. Quand j'ai passé la porte, ma mère a beaucoup pleuré et pour la consoler je lui ai promis de revenir riche. J'ai donc pris les chemins avec juste une boîte en bois, longue et étroite, pour présenter ma camelote. Elle tenait à un baudrier de toile que je passais par-dessus mon épaule. Dans cette boîte, un ancien colporteur m'avait mis ce qui se vend le mieux : aiguilles à coudre et à tricoter, fils de laine et de lin, boutons de toutes sortes et de toutes tailles, dés et épingles dites « à nourrice », et enfin quelques peignes, quelques aiguilles à chignon que les femmes de ferme ne trouvaient pas le temps de se procurer en ville. Quelques poudriers et encriers de Chine montraient que je « chinais ».

Pour tout viatique en cas de mauvaise passe, mon père m'avait donné un écu d'or. Il serait mon assurance contre les coups durs, donc à ne pas dépenser à l'auberge. Je l'ai cousu en un lieu où personne ne fouille. Il faut dire aussi que j'avais un autre trésor, bien plus solvable : j'étais un fort joli drôle, ce qui me rendait irrésistible auprès des femmes et des filles pour solder mes boutons.

J'allais ainsi, à pied, de ferme en ferme et je dois dire que les affaires allaient bien. Pour mon premier retour à la maison, j'arborais fièrement une boîte en bois de santal qui sentait bon. Elle avait des coins en cuivre rouge et le baudrier était de cuir repoussé de Tolède. J'étais même devenu si présentable que dans les marchés, les filles se mettaient à lorgner après moi. Au village, elles se chamaillaient pour partager une danse.

Mon écu d'or, je l'avais gardé, bien entendu, mais c'était plutôt en souvenir. Je n'en avais nul besoin, car j'avais pu acheter un bourricot solide en diable que je chargeais de mes trésors. Deux ans encore et mon bourricot traînait une petite charrette où j'entreposais mes biens précieux, et un fusil bien en vue pour les défendre. Je devenais une sorte de chineur capitaliste.

À ma charrette, j'ai bientôt ajouté des jantes en fer, un frein à manivelle, et j'ai remplacé le bourrin par un petit cheval d'Ariège. Je m'habillais bien et me rasais de près. Très sûr de moi, j'ai décidé d'écumer l'Espagne du nord au sud, et tout a bien marché jusqu'au moment où je suis tombé fou amoureux d'une belle plante andalouse.

Elle savait si bien y faire que je suis revenu seul et à pied au village avec ma vieille boîte de fil et épingles à nourrice, sans carriole ni cheval.

Ni louis d'or.

Douzième partie
ÉCRIVAIN EN CAMPAGNE

Dédicace miraculeuse

La sortie en librairie de *Vous, gens de montagne* fut pour beaucoup une surprise : « On ne savait pas que vous étiez aussi écrivain ! » Je répondais : « Cette petite cachotterie m'était nécessaire. » Serait-ce donc si difficile d'écrire et de publier tout en étant médecin de campagne ? Ma réponse serait « Oui ».

Si être écrivain c'est passer quelques poèmes sur des revues, ou quelques textes brefs de temps en temps ici et là, pas de problème. Mais, comme pour avancer, un violoniste doit commencer très tôt et travailler tous les jours, un écrivain, quelle que soit son autre activité, doit écrire journellement. On peut se demander : « D'accord, mais quand ? »

Comment, avec un métier où les horaires incertains remplissent déjà largement la journée, distraire ne serait-ce qu'une ou deux heures ? Il ne reste que les nuits. Mais toutes les nuits.

Mais il y a un autre problème autrement sérieux : on veut bien donner sa confiance à un homme qu'on croit connaître, qui vous soigne et vous confesse en toute droiture, mais comment la conserver envers ce même homme s'il met en œuvre dans ses romans des criminels odieux, des menteurs, des vicieux escrocs, des violeurs, des tortionnaires ou des pédophiles, ou simplement des gens politiquement des plus douteux, en ayant l'air de les avoir rencontrés et de bien les connaître ? On pourrait se demander : d'où les sort-il ses personnages, si ce n'est de ce qu'il est un peu lui-même ? Très peu comprennent qu'un écrivain est celui qui peut tout écrire et tout décrire, sans rien partager avec les êtres imaginaires qu'il met au monde, qu'il peut faire vivre de façon hallucinante les pires histoires sans en avoir partagé le moindre événement. Bref, ne pas être un biographe.

Et puis tomberont, plus négligeables, les accusations des imbéciles : « Comme s'il ne gagnait pas assez d'argent sur notre dos, il faut aussi qu'il se fasse du fric en vendant ses livres ? » Difficile de convaincre qu'un écrivain souvent ne gagne pas un sou. Que le portrait type de l'écrivain riche et glorieux est réservé à une infime minorité et qu'on n'écrit pas pour faire du fric.

Alors, publier sous un pseudonyme ? Cela finit pas se savoir et c'est pire. Reste la discrétion et la publication des œuvres là où personne n'irait les chercher. C'est assez facile dans un monde dont la curiosité n'est pas la qualité dominante.

Mais écrire seul et sans tapage dans son village, quelle liberté ! On ne vous sollicite pas, vous n'avez pas de cercle d'admirateurs donc pas de jaloux. Vous ne courez pas les salons. Vous n'êtes pas pendu au téléphone pour solliciter ou être sollicité. Vous pouvez ignorer les modes et les chapelles. Loin des paniers de crabes littéraires, pouvoir choisir ses amis. Vous allez même avec humour vous payer des prix littéraires internationaux sans en lire un mot dans la presse.

Vous prendrez l'habitude d'être ce clandestin tranquille qui, sur le tard, son premier métier achevé, pourra enfin être lui-même, avec même la liberté d'écrire un ou deux ouvrages vers ceux que vous avez aimés et soignés toute votre vie.

Table

Deuxième partie

LA MONTAGNE N'A PAS VOULU

Troisième partie

LE TORRENT N'A PAS VOULU

Quatrième partie

MIEUX VAUT EN RIRE

Cinquième partie

MÉMOIRES DE GUERRE

Table

Dixième partie

PETITS PORTRAITS HAUTS EN COULEUR

Onzième partie

ET VIVE LA VIE !

Douzième partie

ÉCRIVAIN EN CAMPAGNE

Photocomposé par Nord Compo
à Villeneuve-d'Ascq

Imprimé sur les presses
de l'imprimerie « La Source d'Or »
63200 Marsat
Imprimeur n° 13210